U0945644

全國高等院校古籍整理研究工作委員會重點項目

浙江大學「211工程」三期「古代文化典籍整理、研究與保護」項目

義烏叢書編纂委員會
浙江大學浙江文獻集成編纂中心 編

香山集

〔宋〕喻良能 撰
馮國棟 點校

中華書局

圖書在版編目(CIP)數據

香山集/(宋)喻良能撰;馮國棟點校. —北京:中華書局,2019.11(2024.5重印)
(義烏叢書·義烏往哲遺著叢編)
ISBN 978-7-101-14151-1

Ⅰ.香… Ⅱ.①喻…②馮… Ⅲ.中國文學-古典文學-作品綜合集-宋代 Ⅳ.I214.42

中國版本圖書館CIP數據核字(2019)第218796號

書　　名	香山集
撰　　者	〔宋〕喻良能
點 校 者	馮國棟
叢 書 名	義烏叢書·義烏往哲遺著叢編
責任編輯	劉　楠
責任印製	陳麗娜
出版發行	中華書局 (北京市豐臺區太平橋西里38號　100073) http://www.zhbc.com.cn E-mail:zhbc@zhbc.com.cn
印　　刷	三河市中晟雅豪印務有限公司
版　　次	2019年11月第1版 2024年5月第2次印刷
規　　格	開本/880×1230毫米　1/32 印張14¾　插頁2　字數224千字
國際書號	ISBN 978-7-101-14151-1
定　　價	89.00元

義烏叢書編輯部

主　編　吴小鋒

副主編　周大富

成　員（按姓氏筆畫排序）

毛曉龍　金曉玲　胡　鶯　施章岳　孫清土　張旭英

張建鵬　張興法　傅　健　賈勝男　趙曉青　鄭桂娟

樓向華　劉俊義　潘桂倩

本書執行編輯　施章岳　趙曉青

總序

汩汩義烏江，從遠古流來，流過上山文化，流經烏傷古縣，流入當今小商品之都，流成一條奔涌着兩千兩百餘年燦爛文明浪花的歷史長河。

義烏江流域，山川秀美，物華天寶，文教昌盛，地靈人傑。自秦王政始置烏傷縣，兩千兩百多年的歷史時期，勤勞智慧的義烏人在此耕耘勞作，繁衍生息，改造山河，創造了璀璨的歷史文化。

義烏地方文化，是中華民族文化的組成部分，因其獨特的地理環境和歷史原因，又具有自身鮮明的特徵。

義烏文化的獨特性，體現在「勤耕好學、剛正勇爲、誠信包容」的義烏精神裏，體現在「崇文、尚武、善賈」的義烏民俗裏，體現在「博納兼容、義利並重」的義烏民風裏。義烏精神及民風、民俗遂成爲源遠流長的中華民族文化之泓泓一脈，成了中國歷史上不可或缺的一頁。千百年來，義烏始終在傳承着文明，演繹着輝煌，從而使義烏這座小城魅力無限。

義烏自古崇尚耕讀，特別是唐代之後，學風漸盛，素有「小鄒魯」之稱。自宋以來，縣學、社學、書院及私塾等講學機構多有設立，而「莅兹土者，莫不以學校爲先務」。故士生其間，勤奮好學，蔚成風氣，學有成就，燁燁多名人。並且，輻射出巨大的文化能量，不僅本地名儒代有，在浩浩學海與宦海中大展宏圖，而且還活動過、寄寓過數不勝數的全國各地的文化名人，從文人學者到書家畫師，從能工巧匠到杏林名家，其生動活潑的文化創造與傳播，綿延不絕的文化承續與傳遞，從來没有湮滅或消沉過。在博大精深的中華文化領域裏獨樹一杆頗具特色的義烏文化之幟，在優雅千載的儒風中誕生了許多屹立於中華民族之林的英傑。也正是文化底蘊的深厚與文化内涵的博大，造就了令人神往的義烏，使其作爲中華文化淵藪的鮮明形象而歷久彌新。

歷史，拒絕遺忘，總要把自己行進的每一步，烙在山川大地上。

時間逝而不返，它帶走了壯景，淘盡了英雄，留下了無數文化勝迹和如峰的聖典。只有在經過無數教訓和挫折之後的今天，人們才逐漸認識到作爲一個複雜系統的組成部分，城市的各要素所具有的種種不可替代的價值和功能，它們飽含着從過去傳遞下來的信息，而《義烏叢書》正是記録這些信息的真實載體。

歷史是無法割斷的，許多古老的文化至今仍然在現實生活中發揮着重要作用。當我們向現代化的目標邁進時，怎樣繼承古老文化的精華，剔除其封建糟粕，在傳統文化的基礎上建立社會主義新的文化格局，是一個擺在我們面前與物質生産同等重要的任務。

一位哲學家曾經説過，哲學就是懷着鄉愁的衝動去尋找失落的家園。今天，我們正處於一個重要的歷史性轉折時期，越來越多的有識之士也開始意識到，對民族民間文化源頭的追尋迫在眉睫。鑒於此，我們編纂出版《義烏叢書》，具有深遠的歷史和現實意義：

搶救文化典籍，古爲今用　文化典籍中的善本古籍，是前人爲我們留下的寶貴精神財富和歷史見證，極富文獻價值和文物價值。義烏歷代文士迭出，著述充棟。這些歷經滄桑而幸存下來的「國之重寶」，或出於保護的需要，基本封存於深閣大庫，利用率甚低；或由於年代久遠，幾經戰亂，面臨圮毁。如今，《義烏叢書》編纂工作的啓動，爲古籍的保護與使用找到結合點，通過影印整理，皇皇巨著擇除世紀風塵，使其化身千百，爲學界所應用，爲大衆所共享；同時，原本也可以得到保護。真可謂是兩全之策，是爲民族文化續命，是爲地方文化續脈。

繼承傳統文化，發揚光大　在義烏歷史上，有許多人文典故值得挖掘，有許多可歌可泣的先進事迹值得記載。撥浪鼓文化需要傳承，孝義文化值得發揚，義烏兵文化應予光大。但由於歷史上的義烏是個農業縣，文化底藴雖然深厚，載入史册的卻寥若晨星。而深厚的歷史文化傳統能孕育和産生强大的文化力，能爲塑造良好的城市形象提供重要基礎，這種文化力所形成的精神力量深深熔鑄在城市的生命力、創造力和凝聚力中，是推動城市經濟和社會進步的内在動力。因而，《義烏叢書》編纂者堅持傳統文化與現代文化相銜接，精英文化與大衆文化相兼顧，創作出義烏歷史上從未有過的文化系列叢書，既是精神文明建設的需要，也是物質文明建設的需要。

追溯文化發源，承前啓後　義烏經濟的發展，並非無源之水，無本之木。「參天之木，必有其根；環山之水，定有其源。」義烏發展的文化之源、義烏商業的源流之根、義烏文化圈的形成特質，包括宋代事功學説對義烏「義利並重、無信不立」文化精神的影響，明代「義烏兵」對義烏「勇於開拓、敢冒風險」文化精神的影響，清代「敲糖幫」對義烏「善於經營、富於機變」文化精神的影響等。因而，如何用文化來解讀義烏，也成了《義烏叢書》的重要組成部分。

廣義的文化幾乎無所不包，狹義的文化基本限於觀念形態領域。從以上包含的内容可看出，《義烏叢書》對「文化」的界定，似乎介於廣、狹之間，凡學術思想、哲學原理、科技教育、文學藝術等多個類别與層次，均在修編範圍之内。

幾千年歲月藴蓄了豐贍富饒的文化積澱。面對多姿多彩、浩瀚博大的義烏文化形態，我們感受到了其内在文化精神的律動。

保存歷史的記憶，保護歷史的延續性，保留人類文明發展的脈絡，是人類現代文明發展的需要。如今，守望歲月的長河，我們不能不呼籲，不要讓義烏失去記憶。

《義烏叢書》卷帙浩繁，她集史料性、知識性、文學性、可讀性、收藏性於一體，以翔實的史料、豐富的題材、新穎的編排，全景式地再現了江南「小鄒魯」的清新佳景和禮儀之邦精深的内涵。走進她，就是走進時間的深處，走進澎湃着歷史的向往和時代的潮音的實地，去領略一個時代的結束，去見證另一個時代的開始。宏大精深的傳統文化曾經是，也將永遠是義烏區域文化賡續綿延的基石，也是義烏繼續前進乃至走在全省、全國前列的力量。在建設國際商都的進程中，搶救開發歷史文化遺産，掌握借鑒先哲遺留的豐碩成果，是全市文化學術界的共同期盼。因而，編纂這套叢書既是時代的召唤，也是時勢的需要。

習近平總書記近年來一直强調，文化自信是更基礎、更廣泛、更深厚的自信。我們認爲，地方文化是中華文化的本質特徵和根本屬性，是中華文化的重要代表。我們對地方文化源頭的追尋，正是爲了堅定我們中華文化的自信。這也正是我們編纂出版《義烏叢書》的主旨與意義所在。

義烏叢書編纂委員會

目録

香山集　卷三……四一

七言古詩……四一

香山集　卷四……六二

七言古詩……六二

香山集　卷五

香山集　卷六 …… 九六

香山集　卷七……一一七

香山集　卷九……一五五

香山集　卷十二……二一二

元日追次東坡和子由省宿致齋韻…………二七〇
人日道中口占…………二七〇
書紅香堂壁…………二七一
參議林郎中蓄乘軒君向來止有其一今日見之乃有嘉偶因得小詩…………二七一
南劍道中…………二七一
九曲溪…………二七二
遊龍井…………二七二
次韻馬駒父晚菊五絶…………二七三
莆陽道中…………二七三
乘風雨登舟至麴院…………二七四
登蒜嶺…………二七四
次韻趙景明初見梅花…………二七四

香山集　卷十五…………二七五

七言絶句…………二七五

香山集　卷十六

七言絶句

附録

附録三　生平交遊資料…… 三三三

宋…… 三三三

元 …… 三六六

明清 …… 三六八

前　言

一

喻良能，字叔奇，號香山，又號錦園，義烏人，與何恪、陳炳及其弟良弼合稱「烏傷四君子」。良能生於北宋徽宗宣和二年（一一二〇）〔一〕，卒於南宋寧宗開禧元年

〔一〕韓立平《南宋三詩人生年考》：「喻良能《香山集》（四庫全書本）卷九《戊子除夕追和陳簡齋除夜一首》：『世事年來已飽更，百年今夕兩分平。窗間蠟炬偎人暖，瓶裏梅花照眼明。瓦屋三間聊足喜，鬢霜千丈總堪驚。明朝同上西山望，應是江湖春水生。』詩題中『戊子』爲宋孝宗乾道四年（一一六八），詩中言『百年今夕兩分平』，可知乾道四年爲四十九歲，乾道五年爲五十歲。以此上推，喻良能當出生於宋徽宗宣和二年庚子（一一二〇）。」（《文學遺産》，二〇〇九年第五期）

（一二〇五）。其父喻葆光及其兄良倚、弟良弼皆有名於當時。宋高宗紹興二十七年（一一五七），三十八歲的喻良能中王十朋榜進士。次年，因王十朋之邀，入會稽王師心幕府，並與王十朋論文賦詩。同年，赴廣德軍桐川，任廣德尉。良能爲人至孝，迎母於廣德，並建戲綵堂奉之。陳思《兩宋名賢小集》載：良能「初補廣德府，三獲强盜，應賞格，辭不受」。〔一〕知其在廣德尉上頗有政聲。紹興三十年，四十一歲的喻良能調任鄱陽縣丞。在任三年，離開鄱陽時有《初離鄱陽》詩：「三年勞簿領，今日進歸程。意與長途遠，身兼薄轂輕。板輿頻送喜，山驛屢逢晴。道上人争指，霜髭綵戲榮。」

宋孝宗乾道九年（一一七三），喻良能在秋浦（今安徽貴池）試院。〔二〕淳熙四年（一一七七）八月，在臨安爲諸王宫大小學教授，與石起宗、何澹、高文虎等人點檢

〔一〕宋陳思編，元陳世隆補《兩宋名賢小集》卷一百七十九，文淵閣四庫全書本。

〔二〕喻良能有《秋浦試院奉和馬駒父見寄》，又有《試院次韻馬駒父見寄》，其詩言：「華髮蕭蕭知更稀，回頭五十四年非。」可知在秋浦試院時五十四歲。

試卷。[一]約於此期間，良能又爲國子監主簿，作《忠義傳》，搜採自戰國王蠋至五代孫晟一百九十人事迹。其書得孝宗賞嘆，於淳熙八年十月頒行於武學。[二]約於淳熙五年左右，喻良能升任紹興府（治今浙江紹興）通判。[三]吕祖謙有《送喻叔奇通判會稽》詩：「鳴騶前日餞出使，椎鼓今日送作州。會稽别駕官尚薄，道傍羨者何其稠。

〔一〕清徐松輯，劉琳等校點《宋會要輯稿》，上海古籍出版社，二〇一四年，第五六四七頁。

〔二〕對於喻良能上進《忠義傳》之時間，王應麟《玉海》言：「《淳熙忠義傳》，八年冬十月，國子監簿喻良能進《忠義傳》，起於戰國王蠋，終於五代孫晟，上下一千一百年，所取者一百九十人，凡二十五卷。乞頒之武學，授之將帥。上曰：『忠臣義士，不顧一身，可以表勵風俗。』」（《玉海》卷五十八）此將上進《忠義傳》之時間定爲淳熙八年。然周必大《送喻宫教良能出倅會稽》詩中自注：「叔奇能詩，所至輒賦，近嘗進《歷代忠義傳》，極有史法。」（《文忠集》卷六）喻良能「出倅會稽」約在淳熙五年，從周必大的敘述可知，《忠義傳》在喻良能「出倅會稽」前已上進，也即《忠義傳》之上進在淳熙五年之前。又據《宋史全文》：「（淳熙八年十月）頒《忠義傳》，國子監簿喻良能所進也。」（《宋史全文》卷二十七）由此可知，淳熙八年乃《忠義傳》頒行之時間，非上進之時間。

〔三〕據喻良能《禹帝祠》序：「余往來越中廿五年，未嘗不致疑於禹陵……淳熙戊戌四月十一日，齋宿祠下，同孫簽判次襄、夏察判謟中自窆石登山，披榛荆至絶頂。」戊戌，爲淳熙五年，可知此時喻良能已在紹興府。

版輿有親餘九十，東南之美供甘柔。先春鑄牙入午啜，破臘箭茁充晨羞。況復詩壇執牛耳，所至風月相獻酬。千巖萬壑徧題品，會有采者人名遒。」〔一〕周必大也有《送喻宫教良能出倅會稽》：「拾遺羈旅鑑湖秋，太史崎嶇禹穴遊。只駕貳車良自足，更營三釜復何求？千山徧踏詩才富，萬壑臨觀史筆遒。稍待政成歸魏闕，便從麟閣上螭頭。」〔二〕淳熙六年在紹興府通判任上，爲洪适《隸續》撰寫跋文。〔三〕

〔一〕宋吕祖謙著，黄靈庚等主編《吕祖謙全集》，浙江古籍出版社，二〇〇八年，第二一頁。

〔二〕宋周必大《文忠集》卷六，文淵閣四庫全書本。

〔三〕其跋文言：「右淳熙《隸續》，觀使大觀文番陽公所撰也。公頃帥越，嘗會稡漢隸一百八十九，爲二十七卷，曰《隸釋》；續有得者，列之十卷，曰《隸續》。既墨於版，亦已詳矣，猶以爲未也，復冥搜旁取，又得六十有五，爲九卷，所謂毫髮無遺恨者。書成，下示門下士良能。良能既得之，敬白安撫大資吴興公。公一見大喜，謂可開覺後學，乃命鏤之堅梓，以侈其傳。噫嘻！番陽公之好古，吴興公之樂善，俱極其至，概之古人，可謂無媿也已。淳熙六年八月十七日，承議郎、特添差通判紹興軍府事喻良能謹題。」

淳熙十二年（一一八五），喻良能又爲國子博士〔一〕，十三年在臨安，曾遊西湖。〔二〕十四年爲太常丞〔三〕、工部郎官〔四〕。後請出知處州。楊萬里有《送喻叔奇工部知處州》：「厭直含香與握蘭，一麾江海泝冰灘。括蒼山水名天下，工部風煙入筆端。新國小遲懷印綬，故園暫許理漁竿。即看治行聞天聽，紫詔徵還集孔鸞。」〔五〕葉適也有《送喻太丞知處州》：「喻公策名自先朝，奉常冬官始見招。何因歛退爲泉石，可惜垂欲排雲霄。

〔一〕《宋會要輯稿》：「（淳熙）十二年二月二十五……命監察御史謝鍔……大理寺丞沈樞，國子博士喻良能，勑令所删定官黄涣，太學録張體仁，大理評事許岱、陳杞並考校、點檢試卷。」（《宋會要輯稿》，第五六四八頁）清王崇炳《金華徵獻略》卷十亦言：「丁内艱，服除，以國子博士召，兼工部郎官，除太常丞兼舊職。」

〔二〕喻良能有詩《丙午仲春西湖舟中作》，丙午，爲淳熙十三年。

〔三〕《宋會要輯稿》：「（淳熙）十四年十月十三日，詔令侍從、臺諫、禮官議金國賀會慶節使人入見。既而吏部尚書蕭燧、兵部尚書宇文价……監察御史吴博古、太常丞喻良能、太常博士黄黼……」可知，喻良能此時爲太常丞。（《宋會要輯稿》，第二四六〇頁）

〔四〕喻良能有《印印詩》，其序云：「予在工部，常兼屯、虞、水三印。去歲八月一日，暫攝奉常三日，復暫權禮部，又兼二印，爲五。信宿乃生印印，故以命之。」

〔五〕宋楊萬里撰，辛更儒箋校《楊萬里集箋校》卷二十三，中華書局，二〇〇七年，第一一九九頁。

處州不城山作堵，百嶂千峰自翔舞……」〔一〕宋光宗紹熙元年（一一九〇）在處州任上，因年老多病，政事多疏，詔准歸老。〔二〕喻良能歸老之後於香山築室安居，建「亦好園」，園内有亦好亭、磬湖、釣磯等景，時時會友吟詩，觴詠自娱。楊萬里有《寄題喻叔奇國博郎中園亭二十六詠》〔三〕，頗可見其歸老生活。

二

喻良能生活於南北宋之交，一生歷徽、欽、高、孝、光、寧六朝，交遊頗爲廣泛。陳亮《題喻季直文編》稱：「喻叔奇於人煦煦有恩意，能使人別去三日，念之輒

〔一〕宋葉適著，劉公純等點校《葉適集》卷六，中華書局，一九六一年，第四四—四五頁。
〔二〕《宋會要輯稿》：「紹熙元年六月……十三日，詔知温州湯碩、知處州喻良能並别與閑慢差遣。以言者論……良能年老多病，語言蹇澀，詞訴積壓，處事乖方故也。」（《宋會要輯稿》，第五〇〇一頁）
〔三〕《楊萬里集箋校》卷二十一，第一〇六三—一〇六八頁。

不釋。」〔一〕説明喻良能爲人淳厚，人樂與之交，故當時名士如王十朋、楊萬里、陸游、何恪、張鎡等人皆與之遊。

王十朋（一一一二—一一七一），字龜齡，號梅溪，温州樂清（今屬浙江）人。與喻良能同爲紹興二十七年（一一五七）進士，王爲是榜狀元。初爲紹興府簽判，後除秘書省校書郎，又遷著作佐郎、大宗正丞。孝宗即位，除司封員外郎兼國史院編修官，累遷國子司業、起居舍人，改兼侍講、侍御史。歷知饒州、夔州、湖州、泉州等。乾道七年（一一七一），除太子詹事，以龍圖閣學士致仕。其年七月卒，年六十，謚忠文。王十朋與喻良能爲終身之友，二人相識於太學，同登進士第。王十朋曾述二人之交遊云：「某丙子冬（紹興二十六年，一一五六）與繡川喻叔奇同舍上庠，一見如故，明年同登太常第，又明年贊幕會稽。叔奇來遊，大帥王公（王師心）嘉其爲人，屈以攝職，予遂獲朝夕焉論文賦詩，相得愈厚。盍簪纔百日，唱和無慮百數篇。叔奇之詩，清新雅健，有晉宋風味，得韓公之豪，無東野之寒，予不逮遠甚。然予二人者，有唱必

〔一〕宋陳亮著，鄧廣銘點校《陳亮集》卷二十五，中華書局，一九八七年，第二八六頁。

酬，殆亡虚日，樽酒細論文之外，語不及他，亦庶幾復躡古作者蹤矣。」〔一〕王氏又有《贈喻叔奇縣尉》云：「同舍同年友，天資迥不群。詩文侵晉宋，兄弟類機雲。梅市訪仙侶，蘭亭懷右軍。公餘時過我，無酒亦論文。」〔二〕記録二人交遊唱和之情形及王十朋對喻良能兄弟的推獎。喻良能《香山集》中也有甚多與王十朋唱和之作，如《次韻王龜齡謁大禹祠酌菲飲泉》《留別王狀元二十四韻》《題旌忠廟次王龜齡韻》《題愍孝廟次王龜齡韻》《次韻王龜齡狀元西湖賞梅》《次韻王龜齡〈春日湖上〉》《喜待制王丈歸自夔門》《次韻王待制劉侍郎倡和》《長至憶天衣舊遊寄王狀元》《題開先寺飛橋次待制王公韻》《次韻王待制初見虎牙銅柱詩》《次韻王待制題予〈廬山記〉後二絶》等。

何恪（一一二七—一一七四），字茂恭，號南湖，義烏人，與喻良能同爲「烏傷四君子」。何恪登紹興三十年（一一六〇）進士第。初爲永新主簿，後調徽州録事参

〔一〕王十朋《梅溪王先生文集》後集卷二十七《送喻叔奇尉廣德序》，四部叢刊初編本。

〔二〕王十朋《梅溪王先生文集》後集卷三，四部叢刊初編本。

軍。未赴任，詣闕上萬言書，進恢復二十策，因受當局之拒，憤而辭官。後歸義烏故里，與陳亮、喻良能、喻良弼等聚會，縱論天下大勢。淳熙元年（一一七四）卒於南湖，終年四十八歲。喻良能與何恪交往甚契，二人唱和之作頻見於《香山集》，如《何茂宏茂恭攜酒見過復侑以詩次韻一首》《新居成茂恭以詩見賀次韻奉酬》《以春盂送茂恭蒙以古詩爲謝次韻奉酬》《次韻何茂恭永新見寄之什》《二月五日夜夢何茂恭論詩》《訪何茂恭於南湖何有詩因次韻》等。喻良能赴鄱陽丞，何恪有《送喻叔奇丞鄱陽序》，稱：「薌山喻公，名世人也。學志於古，而仕必欲行其學，由是學益成，名益遠，而仕益困……夫丞之職最冷，而秩介於令、簿、尉之間，上下偪於簿與尉。然昔爲之者，以無甚吏責也，今則又有常平泉布之責也。以公處之，則爲非其地。僕與公有婕雅相好，方僕僕從江外數千里來，而公遽東去。」〔一〕由此可見何恪對喻良能沉淪下僚的同情及二人感情之篤。何恪卒，喻良能作《祭何茂恭文》云：「嗟嗟茂恭，其果然耶！何昌於德，何嗇於年！何成之艱，何奪之遄！病胡不聞，訃奚以傳？爲善

〔一〕吴師道《敬鄉録》卷十，文淵閣四庫全書本。

得福，造化所權。宜壽得夭，報應曷愆？蒼蒼蒼蒼，不仁者天！……人誰無死，子獨可憐。嗟嗟茂恭，吾實子賢。我作我文，子推子先。磬水南湖，日往月還。聯轡握手，北陌西阡。劇談月底，痛飲愁邊。我吏江東，書札翩翩。不遠千舍，尋我藍田。我官閩南，不我棄捐。」〔一〕良能與何恪真摯之情感，見於筆端紙上，讀之令人泫然。

楊萬里（一一二七—一二〇六），字廷秀，號誠齋，吉州吉水（今屬江西）人。紹興二十四年（一一五四）進士，官至江東轉運副使。慶元五年（一一九九）致仕。開禧二年（一二〇六）卒，年八十。《宋會要輯稿》載，楊萬里、喻良能皆參與組織淳熙十二年二月的銓試、公試、類試，其時楊萬里爲吏部員外郎，喻良能爲國子博士，二人唱酬或多在此時。〔二〕如《香山集》中有《次韻楊廷秀浣花圖歌》《二月二十四日楊廷秀郎中諸友約遊西湖余以小疾不至分韻得子字》《次韻楊廷秀郎中遊西湖十絶》等。喻良能知處州，楊萬里有《送喻叔奇工部知處州》詩。〔三〕喻良能致仕，建亦

〔一〕吴師道《敬鄉録》卷十，文淵閣四庫全書本。
〔二〕《宋會要輯稿》，第五六四八頁。
〔三〕《楊萬里集箋校》卷二十三，第一一九九頁。

好園歸養，楊萬里的《寄題喻叔奇國博郎中園亭二十六詠》，分别題詠亦好園中的磬湖、釣磯、蘆葦林、亦好亭、月山等二十六景。〔一〕此外，喻良能與陸游也有交遊，其集中有《過嚴瀨寄陸守務觀》《次陸務觀韻題姚復之秀才適齋》等詩。

喻良能與後輩詩人交往以張鎡、趙蕃爲最多。張鎡（一一五三—一二三五）〔二〕，字功甫，又字時可，號約齋居士，張俊曾孫。曾任奉議郎，直秘閣，權通判臨安府。寧宗開禧三年（一二〇七）爲司農少卿，因參與密謀誅殺韓侂胄有功，爲史彌遠所忌，一再遭到貶竄。嘉定四年（一二一一），除名編管象州，死於貶所。張鎡曾先後從楊萬里、陸游學詩，與喻良能也頗多倡和。《香山集》中有《曹務拘綴不及赴張持荷賞梅之約因得小詩寄似》《次韻張持荷桂花》《張持荷以二詩見貽不敢虚辱次韻奉酬》《張持荷以詩見約同沈無隱賞梅因得絶句奉謝》。其中《張持荷示詩編次韻一篇爲謝》稱：「先唐詩道昌，萬象繞吟筆。長吉窮嶮怪，奚囊銷永日。一洗齊梁陋，古澹

〔一〕《楊萬里集箋校》卷二十一，第一〇六三—一〇六八頁。

〔二〕王兆鵬、王秀林《張鎡生卒年考》，《文學遺産》二〇〇二年第一期。

見摩詰。詰齋妙入神，二者無一失。遊戲唾成珠，所至動盈帙。」以李賀、王維稱贊張鎡，足見喻良能對張鎡的推獎。張鎡《南湖集》有《簡喻叔奇工部沈無隱寺簿》稱：「園居懶成癖，駕言何所之。出門無妨看好雪，粉地玉天相範圍……當約香山翁，共了此段奇。」可見二人交遊之情狀。良能知處州，張鎡有《送喻叔奇工部括蒼二首》，其中之一云：「三見中朝入，徐行每後人。功庸身較晚，名譽衆常新。有句須同詠，今離似所親。政成應必報，山郡易回春。」〔一〕「有句須同詠」可見二人唱酬之情況，「今離似所親」説明二人交往之深。張鎡寫給喻良能的詩中多稱「喻工部」，可知二人之相交在淳熙後期，喻良能在臨安期間。

趙蕃（一一四三—一二二九），字昌父，號章泉。早歲從劉清之學，以恩補州文學，後爲太和主簿，調辰州司理參軍，因與知州争獄罷。後奉祠家居三十三年，年五十猶問學於朱熹。理宗紹定二年（一二二九），以直秘閣致仕，同年卒，年八十七。趙蕃《淳熙稿》有多首寫給喻良能的詩，如《寄婺州喻良能叔奇》《戲呈喻叔奇丈》。

〔一〕兩詩見張鎡《南湖集》卷三、卷四，文淵閣四庫全書本。

其詩《寄喻叔奇文二首》言：「不見喻工部，經今兩暮春。遥知磬湖上，不減浣花濵。佳句能名世，浮雲豈絆身？爲貪煙雨勝，聊復駕朱輪。」又言：「飲我長安酒，歌公《亦好》詩。試思猶宿昔，忽念已差池。要識林園好，何由杖履隨。有時觀叙夢，亦復嘆吾衰。」[一]由此可見趙蕃對喻良能的思念之情。

除以上所舉之外，與喻良能有交遊唱酬者尚有王師心、王秬、洪适、周必大、吕祖謙、樓鑰、木待問、陳亮、葉適、張子温、史端叔、高文虎、周勉、李大著、黄定等人。

從喻良能的交遊可以看出，南宋士大夫通過同年（如喻良能與王十朋）、同鄉（如喻良能與何恪）、同事（如喻良能與楊萬里、張鎡、洪适）展開其人際關係的網絡，而維繫這一網絡的重要手段便是詩歌唱酬。

〔一〕趙蕃《淳熙稿》卷九，文淵閣四庫全書本。

三

《兩宋名賢小集》言喻良能「所著有《諸經講義》《香山集》《家帚編》《忠義傳》」。〔一〕其中《諸經講義》《忠義傳》《家帚編》皆亡佚不存。喻良能現存主要作品爲《香山集》。張鎡《簡喻叔奇工部沈無隱寺簿》「當約香山翁，共了此段奇」，其下自注曰：「喻以香山名其詩編。」〔二〕由此可知，喻良能生前即以「香山」名其詩集。此集《兩宋名賢小集》卷一百七十九、元黄溍《文獻集》卷四皆已提及，然皆未言其卷數。明焦竑《國史經籍志》卷五、孫能傳《内閣藏書目録》卷三、黄虞稷《千頃堂書目》卷二十九皆言其集爲十七卷。《(雍正)浙江通志》卷二百四十八則據《金華先民傳》言「《香山集》三十四卷」。然十七卷與三十四卷之集，皆無傳本

〔一〕《兩宋名賢小集》卷一百七十九，文淵閣四庫全書本。
〔二〕張鎡《南湖集》卷三，文淵閣四庫全書本。

行世。

《四庫全書總目提要》「香山集」條言：

其集，《義烏志》作三十四卷，焦竑《國史經籍志》作十七卷，世亦無傳。獨《永樂大典》中所録古今體詩尚多，核其格律，大都抒寫如志，不屑屑爲絺章繪句之詞……是良能之文，亦有可自成一家者，惜其詩僅存，而文已湮没不傳矣。今從《永樂大典》採掇裒次，而以《南宋名賢小集》所載參校補入，釐爲十六卷，庶猶得考見其大略。〔一〕

由此可知，今所傳《香山集》十六卷乃四庫館臣自《永樂大典》中輯出。此十六卷《香山集》有如下數種版本：

一、清乾隆翰林院鈔本，現藏國家圖書館，《宋集珍本叢刊》據以影印。

二、文淵閣四庫全書本及影印本。

三、文津閣四庫全書本及影印本。

〔一〕紀昀《四庫全書總目》卷一百五十九，中華書局，一九六五年，第一三七一頁。

四、文瀾閣四庫全書本，現藏浙江省圖書館，爲原鈔。

五、文溯閣四庫全書本。

六、丁氏八千卷樓鈔本，現藏南京圖書館，係丁氏自文瀾閣鈔出。

七、胡氏《續金華叢書》本，係胡宗楙據丁氏鈔本刊刻。此本流傳最爲廣泛，王德毅《叢書集成續編》所收，即爲此本。另江蘇廣陵古籍刻印社一九八三年所影，亦爲此本。

兹列版本之源流如下：

- 永樂大典
  - 乾隆翰林院鈔本
  - 文淵閣本
  - 文津閣本
  - 文瀾閣本
    - 丁氏鈔本
      - 續金華叢書本
  - 文溯閣本

《宋集珍本叢刊》所收翰林院鈔本，卷一、卷九皆有「詩龕藏書印」陽文長方印。「詩龕」爲清人法式善之號，知此書爲法式善所藏。法式善（一七五二—一八一三），蒙古族烏爾濟氏，字開文，號時帆，又號陶廬、梧門、小西涯居士。法氏嘗與修《全唐文》，參與《四庫全書》的編纂，對宋元人文集頗爲留心。其《宋元人集鈔存序》言：「宋元人集，明初所流傳益多，至今日不可得見。乾隆三十七年詔開四庫書館，各省疆吏所搜採，江浙藏書家所獻納，以及紳士詞臣所進，殊寥寥焉。繼以故，朱學士筠奏請就《永樂大典》各韻採綴成書，而宋元人集見録於當時者次第復出……法式善備員編纂，十年中三役其事，因得借本，廣付鈔胥。其書有關繫而世罕傳本，又篇葉較少，易於蕆功者先録之，網羅收葺，積漸而成。閲十五年得宋人集八十九家，七百七十七卷。」〔一〕

法氏所撰筆記《陶廬雜識》兩次提及喻良能《香山集》。其一曰：「十年前，余正月遊廠，於廟市書攤買宋明實録一大捆……又得宋元人各集，皆《永樂大典》中散篇

〔一〕法式善《存素堂文集》卷二，清嘉慶十二年刻本。

採入四庫書者，宋集三十二種，元集二十三種，統計八百二十三卷……南宋人：《初寮集》八卷，王安中撰……《香山集》十六卷，喻良能撰……書寫不工，似未及校對之本。」〔一〕另一曰：「余既鈔《江湖小集》九十五卷……復借鈔四庫底本宋人楊億《武夷新集》詩五卷……尤袤《梁溪遺稿》一卷、喻良能《香山集》十六卷……借鈔官書不得過多時日，攜歸又恐污損。是年因謄寫七閣書甫畢，書手閒居京師者甚多，取值特廉，余以提調院事，小史亦有工書之人，揀《永樂大典》中世所罕見而卷帙較略者，分日鈔繕。受業生徒十餘人，亦欣然相助，閱三月而功蕆。鉅集則不暇及矣。粗校一過，底本即歸大庫。其中缺略訛舛極多，卷數與原書亦有不符處，則小史之所爲。何日得同志排纂勘閱，補缺删複，勒爲成書，亦學士大夫所樂觀厥成者也。」〔二〕可見法式善曾藏有兩種《香山集》，一爲購於書肆，一爲其所鈔録。然則，今日所見鈔本究竟是其所購還是所鈔，不得而知。

〔一〕法式善撰，涂雨公點校《陶廬雜録》卷三，中華書局，一九九七年，第六二—六三頁。

〔二〕《陶廬雜録》卷三，第六七—六九頁。

無論此本爲法氏所鈔，或爲法氏所購，其出於《永樂大典》，未經館臣删改，則無可疑，故頗有可資校勘之處。然此書正如法氏所説「書寫不工，似未及校對之本」，「其中缺略訛舛極多，卷數與原書亦有不符處」，此本奪訛衍倒所在多有。兹分論其優劣如次：

一、此本之長：此本未經館臣删改，故一方面保留了一些庫本未收之作，另一方面也保存了一些庫本已改的「違礙字」。

此本卷十一收有《王母口號》一詩，庫本不收，而將卷十末《挽周子及》一詩插入此處。四庫全書收士人文集，多删其中之佛道青詞、榜疏。如宋劉跂《學易集》提要：「雜文「今恭承聖訓，於刊刻時削去青詞以歸雅正。」〔一〕張元幹《蘆川歸來集》提要：「有青詞、朱表、齋多禪家疏文、道家青詞，今從芟削。」〔二〕樓鑰《攻媿集》提要：「有青詞、朱表、齋文、疏文之類，凡一百六十七篇，均非文章之正軌，謹禀承聖訓，概從删削。」〔三〕喻

〔一〕《四庫全書總目》卷一百五十五，第一三三七頁。
〔二〕《四庫全書總目》卷一百五十八，第一三六〇頁。
〔三〕《四庫全書總目》卷一百五十九，第一三七三頁。

良能《王母口號》一詩，實爲青詞，故館臣删之，代之以《挽周子及》詩。

此本亦保留了未經館臣竄改之「違礙字」。如卷一《喜賦》：「俄北騎兮獸遁，致淮淝兮尸積。」庫本「獸遁」作「宵遁」，「獸」爲違礙字，故庫本改「獸」爲「宵」。卷三《安撫開府史丞相誕辰》：「願將眉壽同長久，永作皇家柱石臣。」庫本改「皇家」爲「王家」。卷十五《送師相陳大觀文》：「腥風吹海向來驚，玉帳分弓射怒鯨。」庫本改「腥風」爲「狂風」。同卷《上葉參政二絶》：「君臣相得同魚水，剩把勳名鎮四夷。」庫本改「四夷」爲「四陲」。

當然此本與庫本還有一些其他的不同：如卷二《正月大雪追和退之〈辛卯年雪〉韻》，庫本無「正月」二字。卷三《吉老手刃凶人爲母報仇詩以紀之》：「如今壯志今已伸，他日定爲忠義臣。」庫本「如今」作「如公」，「如今」對「他日」，此本義長。

二、此本之短。此本雖未經館臣删改，稍可見《大典》原本些許樣貌，然鈔寫頗粗疏，校勘不精，奪訛滿紙，未足稱善本。如卷一《雨後曉行》一詩，「臨清流，坐白石」脱一「坐」，「書之木葉云」誤作「書之木葉公」，「有如到愚溪」訛作「有到到愚溪」。一詩之中脱一處，訛二處。卷三《安撫開府史丞相誕辰》「櫜兜戟纛粲煌煌，紫極聯休衮繡光」，「兕」誤作「夔」，又脱「紫」，一聯之中有訛有脱。卷三《若耶曲》「織女潭邊深復深」，脱「織」，「女」訛作「汝」，半聯之中一脱一訛。

（二）脱文

此本中有全詩脱而後補者，如卷四有《硯屏》一首，庫本及續叢書本皆在《月窗以所畫觀音見遺爲賦一篇》及《以春盂送茂恭蒙以古詩爲謝次韻奉酬》之間，而鈔本則鈔於卷四之末，當是初鈔之時遺漏，鈔完之後補入卷末者。

此本脱文最爲嚴重，幾於每卷皆有。如卷三《八月十五夜翫月》、卷十三《春日偶成》脱去詩題。卷一《喜賦》「如巨魚兮縱壑，猶鴻毛兮遇風」，脱去「鴻」字。《古甕賦》「發而視之」，脱「發」。《月山諸峰》「康公醉道士，名篇粲煌煌」，脱「士」。《古風一首謝張漕子温惠示詩卷》「我亦好吟詠，忍飢説芻豢」，脱「忍」。《伏日陪府公侍御登四望亭分韻得四字》「面面看江山……兹遊峴山同」，前句脱「面」，後句脱「峴」。《葉自强讀書堂》「撑腸仍拄腹……已復生庭除」，前句脱「撑」，後句脱「除」。《題圓通寺至樂亭次待制王公韻》「煙雲遶孤屋」，脱「遶」。卷二《十月五日從兄四弟三姪侍太孺人賞菊亦好園以賞心樂事爲韻分得賞字》「千枝迷俯仰」，脱

「迷」。《齋宿昭慶院祀南嶽南海》「驅車出重關」，脱「關」。《爲何監獄題種德堂》「扁顔固云易」脱「扁顔」二字。卷三《題葉省幹見示詩卷次韻一篇》「昂昂野鶴在雞群」脱「昂」。卷十一《謝中書施舍人宴集》「顧慚珍報乏琅玕」，脱「慚」。《由之流溪回亭午苦熱小憩牧馬寺》「翠合苔痕人寂寂」，脱「合」。

（二）倒文

卷一《月山諸峰》「松石産花溪，奇詭頗異常」，「溪」「奇」二字顛倒。卷二《張持荷示詩編次韻一篇爲謝》「聲名笑山王，任達景嵇畢」，「王」「任」二字顛倒。《留别直院莫子齋少卿》「古來成大厦，此物宜棟梁」，「此物」倒作「物此」。卷十一《次韻奉酬王給事見貽之什》「性似邊韶懶讀書」，「讀書」倒作「書讀」。卷十二《水樂洞》「恐傷詩肺腑」，「肺」「詩」顛倒。《紫君林》「此君仍佩紫」，「仍」「佩」顛倒。《曝書》「秋陽千里曬，聊復曝吾書」，「吾書」，倒作「書吾」。

（三）訛文

此本訛文亦多，如卷一《喜賦》「去草實而食鼠」，誤爲「去草食而食鼠」，涉下而誤。《同從兄季弟遊香山追和東坡端午遊諸寺韻》「黄梅雨初歇，紅榴花正妍」，

「初」誤作「正」，涉下而誤。

卷二《次韻提舉王正言寒食遊茶焙》「驅車向鳳山，父老觀道周」，「父老」，誤作「父父」。《王丞相生辰》「一品坐黄扉，十載轉洪鈞」，丞相、三公、給事中等高官辦事之處以黄色塗門，故稱「黄扉」。《南史·梁武陵王紀傳》：「武帝諸子罕登公位，唯紀以功業顯著，先啓黄扉。」此本誤作「王靡」。《送參議林郎中》「疇昔居京邑，庀職偶相臨」，「庀」，治理，辦理。《國語·魯語下》：「子將庀季氏之政焉。」「庀」，此本誤作「佗」。

卷三《次韻王侍制讀東坡詩兼述韓歐之美一首》「平生古律三千首」，「平生」，誤作「平平」。卷四《二月二十一日何司業集客於張園玉牒給事命予賦詩紫微舍人左史舍人亦以見委因成七言十韻一首》「一朝櫻筍德星聚」，「櫻筍」，亦作「櫻笋」，指櫻桃與春笋。陸龜蒙《奉和襲美所居首夏水木尤清適然有作次韻》：「亦以魚蝦供熟鷺，近緣櫻筍識鄰翁。」此本誤作「櫻桃」。卷九《由建寧回三山道中重陽》「客裏黄花驚度節，鏡中白髮巧摧顔。」「度節」，此本作「皮節」。卷十《洪右相生辰》「玉燕呈祥生碩德，金甌覆字佐昇平」，「碩德」，誤作「領德」。

卷十一《次韻何茂恭重陽前二日見過》「短髮未成吹帽飲，高吟先贈把茱篇」，「吹帽」，出《晉書·孟嘉傳》：「九月九日，温（桓温）燕龍山，僚佐畢集，時佐吏並著戎服，有風至，吹嘉帽墮落，嘉不之覺。」後以「吹帽」爲重九登高雅集之典。如杜甫《九日藍田崔氏莊》詩：「羞將短髮還吹帽，笑倩旁人爲正冠。」此本「吹帽」訛作「秋帽」。

綜上所述，法式善所藏乾隆鈔本雖未經館臣删改，略可窺《大典》本之舊，然錯訛脱倒極多，幾成不可卒讀之勢，故與庫本相較，反有不如，故用作爲底本並不適宜。相較而言，文淵閣四庫本抄成時間較早，字跡工整，故可作爲底本。而胡宗楙所刻《續金華叢書》本根據丁氏八千卷樓鈔本刻印，並做了校訂，可資參考。

四

喻良能之著作，今傳世者唯四庫館臣由《永樂大典》中輯出的十六卷《香山集》，此集全爲詩、賦，而未收文。除《香山集》外，喻氏之詩文尚散見於各類文獻之中，前人、今人已有所輯録。如《全宋詩》所收喻良能詩除《香山集》外，據《永樂大典》補《緑蕚梅》《種水仙酴醾》《讀淮海集》三首，又據明王崇《（嘉靖）池州府志》卷八補《展敬文孝廟》一首。《全宋文》卷五四除收録了見於《香山集》之《喜賦》《古甕賦》《菊賦》《和歸去來辭》外，據《隸續》收録《隸續跋》一篇，又據《敬鄉録》收録《忠義傳序》《五龍王廟記》《評詩》《祭何茂恭文》四篇。除以上《全宋詩》《全宋文》所收佚詩、佚文外，筆者又輯得詩二首、文二篇。分别爲：據南宋釋宗曉《樂邦文類》卷五輯《廬山蓮社》詩一首，據清徐松《宋會要輯稿·禮五八》輯得《讀邸報東坡追謚文忠》詩一首；據明何鏜《古今遊名山記》卷十輯得《括蒼舊州治記》一篇，據宋吴儆《竹洲集》卷十四雜著《讀曹氏〈世濟録〉書其後》輯得《曹氏〈世濟録〉序》殘文。

《香山集》的整理，以文淵閣四庫全書本爲底本，校以法式善藏乾隆鈔本（簡稱「鈔本」）及胡宗楙《續金華叢書》本（簡稱「續叢書本」），間以《永樂大典》《兩宋名賢小集》等作爲參考。同時，將上述《全宋文》《全宋詩》所收佚詩、佚文以及筆者輯録之詩文，編爲附録一，以作補充。爲較全面瞭解喻良能生平與著作流傳情况，特搜集編纂「歷代著録題識」及「生平交遊資料」作爲附録二與附録三。著録題識取自明代到近現代的官修、史志、私家書目以及文集、叢書等，交遊資料録自宋代到明清的文人著作集、史志、類書等等。

本次整理，凡底本明顯有誤者，據參校本改，並出校記；底本、參校本兩通者，不改底本，出校記説明。凡异體字、俗别字不影響文意者，多改爲通用規範字，個别如「隐」「状」「参」等，直改爲相應的繁體字形。通假字，與專名區别有關者，悉從底本。避諱字徑改不出校。

香山集　卷一

賦

喜賦并序

昔江文通爲《恨賦》，備盡古今之情致。予謂恨既有之，喜亦宜然，因擬之而作《喜賦》焉。

逖覽竹素〔一〕，往躅具存。喜緒爰集，喜氣滋殷。予爲畸人，未嘗有喜。想像古

〔一〕「覽」，原作「攬」，據續叢書本改。

者，喜而不寐。粵若劉項争雄，太公留楚，視以必殺，置諸鼎俎。侯生壹説，脱之虓虎。徒馭既備，上馬徑去。革羈思爲歸心，變孤囚爲大父。又若號爲上公，震爲長子。沈痾既嬰，溘然以死。衆醫環視，袖手莫施。有扁斯鵲，曰猶可治。療以刀圭，起僵行尸。沈玄夜而復反，遊岱宗而還歸。四體和平，天地清夷。子卿在外，十有九年。始末一節，嶮巇萬端。去草實而食鼠，仰雪花而餐氊。分爲死節〔一〕，寧冀生還。忽虎節之來臨，知雁書之既達。狼心易慮，許歸漢闕。李陵置酒而高會，九人相隨而進發。行復行兮紫塞春，遠復遠兮邊地月。又如安石督軍，前臨大敵。重將帥之指授，懼人馬之辟易。俄北騎兮獸遁〔二〕，致淮淝兮尸積。捷布聿至，圍碁方適。雖攝書而置床，亦過户而折屐。别有都尉風流，王姬嬋娟。人既離而復合，鏡已缺而重圓。恨昔鳳兮影隻，慶今枝兮理連。掖亭麗姝，京都俊雅。藉紅葉兮爲媒，鞭紫鸞兮同跨。恍魂夢之遊仙，説衾裯之蘭麝〔三〕。若乃脱身輓輅，奮迹新豐。朝奏暮召，言聽計

〔一〕「死節」，鈔本作「始節」。
〔二〕「獸遁」，原作「宵遁」，據鈔本及續叢書本改。
〔三〕「裯」，原作「稠」，據續叢書本改。

從。如巨魚兮縱壑，猶鴻毛兮遇風。暢積祀之湮鬱，豁平生之心胸。嗟乎！喜雖一名，事有萬族。魯侯終燕於壽母，文公乍聞於子玉。陶朱縱棹兮五湖，季倫暢飲兮金谷。虞卿賜白璧兮一雙，吏部浮酒船兮百斛。莫不發莞粲於笑貌，見紅黄於眉目。故夫喜既首於七情，蓋亦先民之所欲。

古甕賦

甕得於紹興丙辰，今二十有八年矣，愛其古甚，故賦之。其辭曰：

丙辰中春，積雨新霽，令僕夫以駕牛，治南村之廢地。耕未竟畝，洞然有聲。躑躅不進，人牛俱驚。下有物兮，混然天成。象田家之瓦盆，肖茅茨之土鉶。薄言扣之，其聲鏗鏗。款識不存，莫知其年。四耳附離，一蓋孤圓。口緘六寸之壁，腹受三斗之黍。不窕不槬，不苦不窳。團團焉，欒欒焉，何其肌理之堅而形模之古也。固藏甚密，宜有所盛。發而視之，枵而不盈。噫嘻，悲夫！豈秋草朔風，閨人愁心。思寄征衣，欲擣寒碪。藉爾清響，振其遠音。歲久俱廢，塊然獨瘖者歟？豈天高氣清，落月横生。幽人妙興，將調素琴。假爾逸韻，相其悲吟。人琴云亡，草蔓見侵者歟？又豈白刃縱横，竄伏長林。埋金韜玉，規人莫尋。至寶忽逝，獨留幽深者歟？抑豈却立鍊形，鶴駕鸞驂。窖其丹砂，靈泥是緘。五色羽化，此焉墆淫者歟？夫物無隱而不彰，器無幽而不闡。美陽得尸臣之鼎，太康獲汲書之簡。皆所以秘之於古者，發之於久遠。顧此甕之誰藏，必因余而後顯。喻子於是濯以清泉，藉以香荃。貯濁醪之渾渾，充皤腹之便便。謝漢陰之低抱，伴吏部之高眠。旅滑稽之鴟夷，拍浮丘之酒船。每傾倒而一醉，益足以攀七賢而追八仙矣。

菊賦并序

喻子有園二畝，畦菊百本，日遊其間，乃爲之賦。其辭曰：

西風兮東籬，金英兮紫枝。著嘉名兮既遠，豈衆卉兮等夷。標黄華兮《月令》，寓落英兮《楚辭》。生高岡兮燭原隰〔一〕，吟鮑昭兮賦潘尼〔二〕。互松兮偕杞徑，淵明兮宅天隨。秋日兮凄凄，秋露兮離離。萬木槁兮既下，一雁鳴兮初飛。送孟嘉兮帽落，逆王弘兮白衣。其操兮，箕山之潔；其韻兮，竹林之絶。瀏兮禦寇之御風，慄兮馬曹之泛雪。臨清流兮，子陵之居瀨；含夕霏兮，真長之望月。孤叢兮特秀，幽香兮微透。紫蝶兮黄蜂，凛既寒兮猶凄。聘芙蓉以爲妃兮，命秋蘭以爲友。官槐斂迹以杳逝兮，巖桂容沮而色黝。揖江梅以先發兮，曰子之茂兮其庸可後。邀黄葵以旅處兮，曰珠玉其在側，予豈不知予之陋。一束既多兮，魏帝之賜；少者百年兮，甘谷之壽。枝葉老硬兮，飽予腹於五月；葩華丰好兮，悦予目於重九。歲植百本，日遶百匝兮，抑臨風而三齅。

〔一〕「燭」，原作「蠋」，據鈔本改，續叢書本作「秀」。
〔二〕「昭」，當作「照」。

辭

和歸去來辭并序

何秘監道夫，蜀人也，賦《歸去來辭》，歸守潼川，出其辭以示予，因次韻以送之。

歸去來兮，樂莫樂於公之歸！欣故里之可還，何去國之足悲？悵習俗之方溺，景先民而是追。等窮通於夢幻，孰爲是而孰非？思江山之娱情，厭京塵之染衣。占東蜀之分野，粲藩星與少微。嗟彼士人，乃競乃奔。修容飾詞，伺候權門。長裾日曳，成性莫存。何如先生，瘿杯匏樽。醉群經以嘯傲，潮紅臉於酡顏。泯鳧鶴之短長，知天命而自安。涉巇塗以干榮，笑七貴與八關。肯多慾以外慕，每反照而内觀。洗俚儒之呫嗶，挽淳風而使還。琴一曲以媲嵇，笛三弄而追桓。歸去來兮，知公欲與造物遊。睎一己以邈然，故不忮而不求。冥此心於得喪，復何懼以何憂？惟五馬兮行春，聊放目乎平疇。行者争塗，渡者争舟。寄高情於阡陌，眇一壑而一丘。消田里之愁歎，霶政化而日流。歌袴襦於梓潼，藹譽處而滋休。已矣乎！如公盛德能幾人，行胡無人爲王留，飄然任公之所之。漫説效龔遂，誠心慕安期。或公田而種秫，或私力以耘耔。斥三入之巧宦，陋《四愁》之俗詩。流英風於千載，公真淵明復何疑！

五言古詩

詠懷

一夔方佐舜，二公還相周。三傑從高祖，四皓屈留侯。五龍翔日邊，六逸嘯溪頭。七賢傲竹林，八仙隱糟丘。九老山中卧，十友方外遊。百鍊竟不變，千載存風流。名節良足貴，萬事真悠悠。

豪士

東海一豪士，西山兩逸民。涕唾棄周粟，談笑無秦軍。餓死骨仍香，辭封名益芬。至今千載下，不敢輕隱淪。

雨後曉行并序

曉景未炎，宿雨新霽，山容水色，如在屏障間。喻子以巾漉酒，履不借，手竹根如意，從以樵青。攜淵明、子厚詩篇，臨清流，坐白石，上蔭翠樾，下數游鯈，詠《南山》之篇，歌《清池》之章。好風爲我吹衣，好雲爲我娱目。於是心恬形適，抵掌頓足而起舞，曰：人生爲樂亦有過於此者乎？樂而無詩，如此景物何？乃作五言一篇，書之木葉云。

宿雨曉初收，長天澹如洗。解帶臨清流，泉聲細娱耳。有如到愚溪，還似遊栗里。人生若此少，貧賤非所恥。

新浴

新浴换輕縠，披襟臨榧臺。好風知人意，爲我東南來。晚池雨草青，庶足充徘徊。呼兒具緑樽，聊進納凉杯。一酌暑氣消，再酌愁懷開。三爵竟酩酊，浩歌臨蒼苔。

苦熱不寐獨起對月

暑氣推不去，凉風挽不來。中庭月色浄，攬衣起徘徊。夜久萬籟寂，秋近孤蛩哀。月墮玉繩低，此興真悠哉。

秋暑熾甚忍飢偶作書季直弟以詩見嘲因次韻

老夏雨既少，稺秋雲亦無。枯池罷桔槔，蔫花委芙蕖。不糁漫藜藿，不爨空樵蘇。蘇州亦有言，家人笑著書。

中秋望月偶誦唐歐陽詹《翫月詩》追和一首

雲凈天既碧，境幽月逾光。未數鈷鉧潭，不羨桂子堂。霏霏香霧横，藹藹明輝揚。冥搜興乍酣，徙倚夜未央。走兔望圓魄，飛鳥喜新凉。但知整綸巾，何用翻霓裳。芳尊聊自傾，玉盤欲誰將？美人何時來，渺渺天一方。

望所居西山瀑布

山居尠歡悰，理策事遨嬉。嶔岑屬初霽，眺覽得所宜。懸崖有飛瀑，注壑從凉颸。濛濛噴霧雨，冉冉含煙曦。清泠詎可汰，駛激疇能陂？會心欣有得，徙倚不知疲。雁蕩境千里，香爐天一涯。平生未能矚，昏旦矧欲窺。何如兹山溜，若與幽人期。他年營菟裘，舍是將安之？

月山諸峰

平生固寡好，嗜石如奇章。家無千金産，异致窮澗岡。壽星來金華，衣冠何昂藏。屈肘據膝坐，風雨須眉蒼。松石産花溪，奇詭頗異常。鼻祖乃赤松，素質侔白羊。舞袖出煙霞洞名，渾脱類大娘。想當虞韶成，率獸雜鳳蹌。觥觥石柱峰，孤峭仍軒昂。長不滿五尺，勢欲摩穹蒼。獅子來何許，俯首未騰驤。何時一噴薄，百獸走且僵。鴟尾由天成，略不假斧斨。端宜侈繪事，詎止工厭禳？東坡小仇池，大筆流芬芳。康公醉道士，名篇粲煌煌。矧我此數峰，價重百琳琅。願締金石交，出處永不忘。

近結茅屋數椽以可賦軒揭取子美可以賦新詩之義用沈約體賦詩一首

安仁偃息處，之問讀書室。茅軒規昔人，聊可容吾膝。幽芳秀垣曲，翠篠蓊簷隙。松窗炯虛明，荆籬互疏密。淡月曉窺几，候蟲夕鳴壁。詩書後前陳，圖史左右秩。遐覽到三五，旁搜及堅白。一語偶有得，寸心欣自適。輪奐非所慕，兹焉頗放逸。淵明儻來過，真趣會能識。

古風一首謝張漕子温惠示詩卷

前輩久零落，老成驚創見。平生恥問津，如今真北面。胸中五色絲，織此錦繡段。見之心孔開，照眼光爛爛。我亦好吟詠，忍飢説芻豢。辛勤三十年，功效無一綫。偶兹得大嚼，味永不忍嚥。嘉惠詎敢忘，仁風敬揚扇。

伏日陪府公侍御登四望亭分韻得四字

危亭壓層城，是中有佳致。面面看江山，水雲自相媚。使君暇日登，火老金正稺。杯盤瑩無塵，笑語清有味。快風千里來，暑氣三舍避。賦詩紅蓮幕，煎茶白衣吏。詼諧想割肉，摇扇笑疼臂。程曉《伏日詩》：「摇扇臂中疼。」樂事古云少，能並今有四。兹遊峴山同，千古知姓字。吾輩亦何爲，雖駑猶附驥。

葉自强讀書堂

退之宰陽山，暇隙唯讀書。同年大雅姿，文史以爲娱。治劇逾整暇，日與竹素俱。頫首繙漢晉，高聲誦唐虞。不善吾所鑒，善者吾所摹。撑腸仍拄腹，何翅五千餘。似聞書帶草，已復生庭除。願言飽經濟，舒之彌八區。

獄空

公庭日將夕，吏報空獄岸。雖無春草鞠，已有蛛絲蔓。歡樂見烏烏，呻吟絶鵝雁。諒非片言折，聊發一笑粲。

同從兄季弟遊香山追和東坡端午遊諸寺韻

前車惟伯氏，後乘載阿連。相攜青蓮界，共開白社筵。黄梅雨初歇，紅榴花正妍。浄境聊莞爾，妙興真悠然。偈言溢四方，經卷餘五千。長廊含清風，古潭摇蒼天。幅巾既蕭散，青鞋亦輕便。登臨自晨曦，談笑窮暮烟。衡宇開卷坐，僧房借榻眠。却憶蘇州語，喧静兩皆禪。

題張漕子温貴希齋

新營老先生，喜好一何異。端能友造物，直欲騎元氣。古貨今難賣，太羹元少味。陽春誰肯和，元白人争議。知己如晨星，一笑聊自慰。先民不云乎，有以少爲貴。

由下梅至資福估賣官產

曉發下梅寺，霽色浮壠麥。崎嶇白楊岸〔一〕，詰屈黄牛軛。野芳吐丰茸，山羽鳴格磔。驅車復前途，聊欲徧阡陌。

龍池寺

發軔資福山，弭轡龍池寺。杪春新雨足，老紅圍稺翠。溪流素縠寒，山色青羅膩。拄頰坐移晷，此意誰能會。

〔一〕「楊」，鈔本、續叢書本作「羊」。

觀田家宴集

村落秋氣高，凉颸泛林莽。田家刈穫間，斗酒勞良苦。甕甌間竹箸，殺雞仍具黍。昏昏燈火照，草草盃盤舉。初喧鵝雁聲，中静兒女語。醉來或田歌，散去亦社舞〔一〕。不信五侯家，軟盤薦肥羜。

次韻周敏卿秋興三首

炎暑墮何許，凉風忽吹衣。野水映荒岸，寒叢秀疏籬。蕭蕭林影薄，杳杳鴻聲悲。秋禾亦既穫，聊足充吾飢。

團團巖中桂，移根籬舍間。秋風一披拂，婀婀天香寒。對此徑須飲，把酒酬西

〔一〕「社」，鈔本、續叢書本作「袖」。

山。浩歌何窮已，寧必素與蠻。悠悠草根蟲，嗚聲近我牀。皎皎林間月，亦已照我牆。感此動萬慮，聊復舉一觴。何以侑我酒，清嘯聞疏篁。

星源縣齋書事

冬仲弭征轡，欻焉及新春。飽喫番陽飯，細治星源民。星源故自佳，民俗良易馴。不嫌聾丞愚，翻愛假令真。相與不忍欺，見謂無淄磷。牒訟日以簡，賦輸日以臻〔一〕。遺我以暇隙，使得窺典墳。短檠一窗燈，孤諷至夜分。平明坐廳事，簾影清無塵。閭里頗熙熙，孰云民不淳。顧謂汝父老，辱愛亦已勤。爲我理歸櫂，吾久思吾親。

〔一〕「日以」，鈔本作「以日」。

題圓通寺至樂亭次待制王公韻

地偏境自佳，煙雲遶孤屋。寒聲渺疏松，翠影澹脩竹。林深桂花晚，微風度餘馥。特用永歲年，聊足媚幽獨。

次韻侍御五月二十日閔雨

使君慕丘禱，用志端不分。天高聽甚卑，深知使君勤。立致楚東雨，如開衡岳雲。賴此苗盡活，不然疷可焚。

鵝湖寺

鵝王牧群鵝，濁世肯下遊。積水近天闕，有時戲沈浮。老禪天人師，領略傾九州。初開選佛場，坐斷諸峰頭。當時江東西，海納吞衆流。歲晚徙山麓，華堂跨龍樓。至今韋公碑，照曜蒼崖幽。陳迹記往昔，登臨縱冥搜。重來歲月疾，俯仰五十秋。撫事一太息，何從問人牛。惟餘拱把木，百尺環道周。成壞各有時，干戈今少休。空懷三宿戀，爲爾半日留。鐘聲遠送客，霧雨昏林休。

七峰亭獨坐

雨霽失炎燠，新亭境清淑。層波緑瀉泫，疊嶂青陸續。風篁韻絲桐，煙柳開畫軸。澹然塵慮銷，庶足永矄旭。

侍御王公去饒饒之士民數千萬人遮道攀轅又相與斷城北橋以留之公不得已乃回城從間道遁去餘干主簿翁君畫《斷橋圖》作詩二十韻寄侍御求和侍御以和篇見示因次韻一首

東嘉老先生，文字繼坡谷。治饒如京兆，三王豈其族？政成無一事，澹若處幽獨。追蹤古循吏，清浄非碌碌。每以坐嘯餘，時出陽春曲。風流化邦人，吟詠成國俗。乙酉秋七月，天地正炎燠。有詔帥夔門，引道不淹宿。境内聞公行，倉皇守牙纛。攀轅人填咽，遮道車擊轂。已去復挽回，出入成重複。橋斷蜂腰分，巷擁魚鱗矗。竟從間道去，復許誰追逐。子母若弟昆，相顧皆嚬蹙。吾父既往矣，疇能繼英躅？公既行，民皆相謂曰：「侍御往矣，吾屬何所倚賴乎？」此予親聞之於和衆坊。孟嘗附商船，千古垂簡牘。偷席廣文氊，使者爲標目。去思聞九重，公乘教授小轎從間道去，提點何公詩云：朱轓偷席廣文氊。公行之後，饒民有録此詩以狀聞於朝者。盛事傳西蜀。先生美無度，推誠置人腹。畫圖照人間，斯民記恩育。

香山集　卷二

五言古詩

石鐘山

南北兩石鐘，上下一水側。造物妙鎔冶，蜚廉巧撞擊。鏜鞳仍噌吰，歌鐘與無射。豐山吾焉知，蒲牢爾何力？咨余久願遊，偶此事行役。時秋風颼颼，日暮水激激。初如鈞天鳴，乍若金奏寂。入耳粹而清，洗心欣以懌。怪奇有如此，遊覽誰能測？發端示來今，注經人姓酈。

題淵明醉石

平生憶淵明，偶此訪遺跡。柴桑僅未泯，栗里猶可識。寒溜澹泠泠，孤煙輕羃羃。撫事良多感，西風生醉石。

媿陶

淵明在彭澤，到任八十日。雖營三徑資，未穫公田秫。珍重千金腰，不爲督郵折。拂衣賦《歸來》，何異自投劾。我生本樗散，山林久蟠蟄。雖非淵明儔，頗亦慕幽迹。偶然得一第，遂竊升斗秩。未書藍田考，已捧錦溪檄。荒縣饒逋負，催科費鞭抶。彊顔簿領間，忽復彌數月。心焉媿淵明，俯首三歎息。番江何時還，哦松聊自適。

送吕憲帥維揚

讀我宋實録，元豐治明昌。五年九月中，上特開天章。從容謂輔臣，邊民疲可傷。呂獨爲朕言，他人終未嘗。已乃命正獻，由定帥維揚。學士加大稱，庸以示寵光。移鎮未去久，趣歸總臺綱。爾來九十年，誰其踵遺芳〔一〕？我公嫡孫行，祖烈蔚載揚。持節古閩粵，攝事今福唐。仁風雜和氣，盎盎如春陽。甿謡玉律響，圜扉春草長。英聲飛九重，御屏書益詳。廣陵大都會，經理須才良。擁麾往鎮之，非公諒誰當？延閣陞寶書，恩綸湛洋洋。左符分淮海，西顧寬巖廊。想見入境初，快覩争星凰。折衝向樽俎，宣威振金湯。行看鋒車召，衮衣侍虞皇。賤子一何幸，竊庇逾兩霜。誤蒙剡薦牘，名徹凝旒傍。受恩未知報，肝膽徒激昂。唯祈轉洪鈞，復立弟子行。

偶題

少陵五十六，負暄候樵牧。我今年與齊，而亦處幽獨。小亭數椽净，新月半鈎曲。聊將萬斛愁，付與一盃緑。

〔一〕「誰」，原作「淮」，據續叢書本改。

十月五日從兄四弟三姪侍太孺人賞菊亦好園以賞心樂事爲韻分得賞字

霜天豁澄明，水日共清朗。西園足甘菊，歡言事幽賞。板輿奉慈顔，華髮森少長。一笑喜團欒，千枝迷俯仰。黄英浥露繁，翠蔓緣籬上。雄蜂與雌蝶，採擷紛還往。逸興既中酣，佳致仍外獎。未多彭澤賢，不羨天隨廣。憶昔吏江東，王事困鞅掌。及今處閭里，暇日娱塏爽。殺酒雖不豐，獻酬非或强。分韻先阿連，作詩真技癢。

閟中堂

危簷覆虚明，景趣清且長。曲池散漣漪，珍木含葱蒼。離離荔子丹，冉冉茉莉香。有堂既足佳，無霾庯何傷？

次韻提舉王正言寒食遊茶焙

摘山勝煮海，財貨所源流。建焙甲天下，賦入十倍收。國計頗賴之，貢輸何時休。擇人爲提領，得賢從宛丘。文章脱吏腕，風味登瀛洲。佐職亦已久，再見春草抽。郊原富槍旗，歲事日以修。撫民端若子，疾惡信如讐。驅車向鳳山，父老觀道周。青春行畫圖，佳處時一留。風前耳潺湲，雨後目纖柔。酒酣已勝賞，珠唾揮鈞鈎。咨予素么麽，受恩猶未酬。銘心雖甚堅，撫己徒懷羞。平生困坎壈，暮年尚依劉〔一〕。投公一紙書，遠寄粤王州。書傳得妙帖，想像寒食遊。終防好事人，豪奪或巧偷。

題紅雲島

紅雲覆絶島，望之心神開。弱水不負舟，何由至蓬萊？吾欲煩巨鼇，爲載三山來。不然騎鯨去，一醉流霞杯。

〔一〕「尚」，鈔本、續叢書本作「何」。

予去歲五月由潮入閩見夾道長松黛色參天行者均被其蔭間有爲斧斤所戕者缺而不補十步一歎顧恨方爲校官非所職掌不得以封殖培壅之事告之部使者懷不滿之意彌年於兹矣比竊聞提刑承宣命尉曹若僧徒封殖其有而補其所亡期使道路之人行千里若宇下而無病暍苦熱之歎其爲全閩無窮之惠厚矣予自少喜讀柳子厚詩見其稱商山臨路有孤松往來每斫以爲明好事者憐之編竹成援遂其生植感而賦詩中有幸逢仁惠意重此藩籬護之句每愛而誦習之今輒追次其韻以紀一時之盛亦古今《甘棠》之意也雖言詞不工蓋欲自附於國風之末庶幾他日採詩之官或有取焉

鬱鬱千丈松，誰栽蔭脩路？年祀寖綿邈，斧斤時謬誤。皇華重憐惻，霜根辱調護。他日比《甘棠》，流風繼《行露》〔一〕。

夜宿天章寺

蘭亭負崇岡，脩竹翳寒緑。囂煩隔人境，爽氣森佛屋。薄暮行役罷，言就上方宿。是時秋峥嶸，西風響巖谷。越蘭不可見，浩歌想餘馥。右軍恨何許，禊序空三復。夜久百蟲絶，燈花媚幽獨。蕭然四壁静，一洗塵萬斛。何當脱羈鞅，陰巖事卜築。聊復得此遊，澹然心賞足。

華峰亭

華峰抱紫翠，兹亭瞰清幽。春林羅畫屏，新月吐玉鈎。宛如東屯居，恍若南澗

〔一〕「流風」，鈔本、續叢書本作「風流」。

游。信美吾亦樂，特用慰淹留。

己亥中秋

二七月皎皎，三五雲沈沈。終然露半璧，亦復牽孤吟。夜久群動息，唯有寒蛩音。長年重節序，感慨非獨今。

勿言魯酒薄爲史端叔作也端叔同寮於越未終更求奉中都祠歸丞相侍傍作是詩以送之

同寮雖云多，交友未易結。臭味一小異，肝膽便楚越。君侯宰相子，風度何翩翩。四偕計吏貢，春銓復裒然。一見蓋爲傾，相逢豈在早？白髮與紅顔，論交非草草。君才若杞梓，真能世其家。顧我如駑駘，秖堪服鹽車。心情過中年，何翅數日惡。徑須釂一樽，勿言魯酒薄。

大雪追和退之《辛卯年雪》韻〔一〕

太皞亦已至，元冥猶未歸。茫茫天壤間，浪闊銀山圍。玉龍横梅度，皓鶴漫空飛。白帝有所適，飄飄揚旌旂。從者一何繁，縞席仍練衣。招邀姑射仙，逢迎廣寒妃。祥耶時令耶，疇能測天機？飢人凍欲死，賞玩理則非。安得萬裘褐，寒者或庶幾。願言均此惠，不知身賤微。

次韻奉酬刑部王嘉叟侍郎書《戲綵集》後

制作參《易經》，不用草《玄準》。眼空天壤間，誰得並捷敏。鴻文翻水就，未省苦吟吻。齊梁逮陳隋，衆作付一哂。南國容本冶，西子髮更鬒。混然真天成，寧復分

〔一〕「大」前，鈔本、續叢書本有「正月」。

域畛？飛上青雲端，秋空擊鷹隼。豈唯持荷槖，已復班玉笋。雖未究所長，要亦攄素藴。大手秉綸綍，至音發簴簨。嗟予墮詩窮，政坐無鉛粉。數奇秖自憐，多忤誰汲引？有賦難逐貧，無詩不招隱。明公獨深憐，不嫌邊幅窘。謂雖敝帚如，或可充貢篚。恃此以無恐，枚皋窮久忍。儻復念菅蒯，庶免辱荆槿。

次韻宗郎中師仁見示古風

平生癖於詩，業債餘清浄。但已心孔開，敢誇筆鋒勁。疾書或欹斜，所向必雅正。顧慚非晉人，出語那韻勝。亦好三畝園，松竹互掩映。門闌雖間啟，俗客未省迎。豈唯愜幽情，頗復動詩興。揭來古泮宫，未諳麋鹿性。何處更有詩，抗走足不定。宗英出大篇，重此緑綺贈。未應費推敲，詎止工競病。此作不爲妙，妙處知難更。吟壇將風雅，瑣尾宜退聽。賀白真雁行，《離騷》可奴命。熟復句中眼，如對麈尾柄。迷途獲指南，從此識畦徑。自應形讚歎，誰復獻嘲評？佳處未易知，當有識者證。

送高炳如倅天台

高侯吾所畏，學問覰壼奥。秋水瑩精神，春華麗詞藻。三館揭來遊，兩鬢青未皓。何心翫歲月，刻意事探討。二志既崇成，八書可偕考。烏臺竚風采，綸閣須典誥。引疾遽有祈，勇退一何早。丹丘非大名，泥軾僅小好。會看有詔追，豈必俟身到？行矣即輕安，愷悌神所勞。

張持荷示詩編次韻一篇爲謝

先唐詩道昌，萬象繞吟筆。長吉窮巉怪，奚囊銷永日。一洗齊梁陋，古澹見摩詰。詰齋妙入神，二者無一失。遊戲唾成珠，所至動盈帙。長篇雜短詠，朱絃響玉律。脱身聲利場，宴坐心更逸。高眠聽松聲，清話剥芡實。聲名笑山王，任達景嵇畢。時發孤鳳鳴，不作寒蛩唧。人譏雕肺肝，悠然非所恤。編成客未佳，櫝藏謹勿出。

王丞相生辰

皇宋十一葉，時清風俗淳。實維元首明，亦繄股肱純。煌煌冀國公，自昔抱經綸。初掌黄麻誥，黼黻同卿雲。繼處宥密地，五兵驅精神。一品坐黄扉，十載轉洪鈞。雍容陪都俞，黽勉承華勛。鏡浄滄海波，煙銷紫塞塵。伊傅堪並驅，蕭曹真下陳。柔兆歲若午，協洽寅在辰。入夢一玉燕，持鑪兩天人。二十四書考，八千歲爲春。西湖爲酒醴，南屏爲膳珍。萬口均一詞，共祝柱石臣。一祝錫難老，再祝長同寅。百祝配遼鶴，千祝如大椿。國壽箕翼齊，洎公永無垠。貴名與鴻烈，日新日日新。

次韻奉酬趙景明法曹見贈

宗英賀白傳，肯從野人遊。相見各失喜，胡爲俱皇州。孤燈照清談，新詩澹牢愁。明日却分袂，獨往濤江頭。

齋宿昭慶院祀南嶽南海

秉檄奉中祀，驅車出重闕。曉風鐵葉嶺，煙雨南屏山。瀹茗澡塵慮，褰簾飫孱顔。精意孚海嶽，清聲揺珮環。

留别直院莫子齋少卿

鬱鬱千丈松，植根在崇岡。清陰亘十畝，直幹凌穹蒼。好風一披拂，聲韻諧宫商。古來成大厦，此物宜棟梁。不待歲月久，共看柱明堂。微木有石楠，枯崖飽風霜。三百甲子餘，圍纔拱把强。大楹分難充，一桷庶可當。儻容附松末，雖晚庸何傷。

留別王嘉叟檢正

初寮久已往，今誰主丈盟〔一〕。王公有嫡孫，見者服且驚。胸中九雲夢，筆端三折肱。招致道山中，掉頭不肯膺。論事常山蛇，持身玉壺冰。平生謝先容，要津真自登。四海望霖雨，一人須股肱。我本田家子，蹉跎將暮齡。相逢豈在早，一見蓋已傾。謂我雖禿犀，敝帚亦足稱。持獻先簵簬，長篇有明徵。公乎儻踐言，庶爲老親榮。

送參議林郎中

人孰不識面，相知貴知心。唯我與夫子，傾蓋成斷金。疇昔居京邑，庀職偶相

〔一〕「丈盟」，鈔本、續叢書本作「文明」。

臨。肯紆鍾期聰，俯聽牙弦琴。講説三百篇，一一蒙賞音。竭來鍾山旁，休沐同搜吟。聯鑣照湖側，攜手天衣岑。飛鳴互嚶嚶，和樂長愔愔。無詩不屬和，有酒相與斟。餉我《破羌帖》，佳妙同來禽。復遺先聖像，摹寫自孔林。二年如巨蛩，一旦辰與參。襟期自兹遠，詩盟幾時尋。願言蚤盍簪，無爲徒滯淫。

遊鹿田三洞

東西兩鹿田，上下三洞天。苔徑劣容足，石門低及肩。乳竇斷還滴，天窗皓仍玄。何當出樊籠，悠哉聊永年。

次韻犖憲見示桐柏瀑布之作

昔聞孫興公，嘗賦飛流水。至今福庭地，猶屬羽人里。瀑泉天半來，界道見清泚。迢迢白虹貫，隱隱玉龍起。宇宙雖云寬，壯觀知能幾？谷簾信有之，界圖寧辨此？清秋饒爽氣，朱夏絶埃滓。何當振金策，逍遥山之趾。眺覽既愜適，嘯歌何窮已。青鞋未成往，撫己空自鄙。

月橋詩

天迥月逾晶，地偏人亦静。蕭然尋丈橋，寄此緑浄境。洗盞薦寒光，掬泉弄清影。塵遠耳目醒，令人發深省。

約季野九日登雲黄不果季野有詩因次韻

青山如候蟲，可賞不可戀。胡爲謝康樂，遊覽乃欲徧。縱登最高頂，過眼猶掣電。何如菊花天，周遶籬落畔。對面黄雲峰，未妨籬下見。相攜凌紫霞，更約東風便。

送晏伯安

古綢於今婺，蓋亦一壯縣。劇繁號難理，百令無一健。英英晏伯安，年壯政則練。咄嗟掃宿弊，談笑了宿案。公庭坐無事，自可名道院。老眼空四海，於公驚創見。今公賦歸歟，敢以一語餞。邊陲正驛騷，朝野未閒燕。公才浩縱橫，敵可受八面。要須詣明光，上書還自薦。口伐或箸籌，收功在不戰。不然飛芻粟，坐使軍儲羨。

次韻伯壽兄殘春即事

屏居事幽潛，親故成久別。茅簷翳濃緑，酴醿墮香雪。山氣清凉國，溪聲廣長舌。但須賢人酒，安用長者轍？吟腸繞碧雲，醉臉暈紅纈。奴耕穀可徯，兒書筆難掣。地偏塵不到，心境兩清絶。嘯歌何窮已，未覺處身拙。

爲何監獄題種德堂

作堂備登覽，既作扁其顔。扁顔固云易，踐名良獨難。我友何水曹，築堂水雲間。瞰臨擅奇絶，佳氣何鬱盤〔一〕。横以數畝池，繚以四面山。石楠間女貞，青士依蒼官。紛紛雜花卉，栽植日以繁。豈獨秀春融，未應凋歲寒。憑欄試遊目，皎皎萬慮寬。張公江海客，一見顔爲歡。嘉名揭種德，寓意固有存。期君宴遊日，内照時返觀。善性益培壅，蕪累須一删。木老德亦熟，無忘老坡言。

何茂宏茂恭攜酒見過復侑以詩次韻一首

薄雲漏朝曦，積雨霽中夏。白波涵磬湖，清影漾茅舍。輪蹄絶還往，文史富閒

〔一〕「佳」，鈔本作「奇」。

暇。畏友有機雲，英標凜王謝。喜尋范張約，偕命嵇吕駕。豈徒貴密邇，聊亦重姻婭。戲彩膝纔容，亦好草可藉。瓦盌薦谿毛，竹箸羞雞炙。劇談掌屢抵，糲食咽亦下。晚凉過古剎，明月耀脩架。蒲團語上方，篝火耿良夜。凌晨一瘦藤，支徑雙不借。長嘯陟雲嶺，清吟探石罅。嶔岑近明目，湍激深没胯。别袂余力摻，歸鞍子慵跨。何時許重臨，倒屣肅邀迓。

謝葉致政送芍藥

佳葩如美人，豔態妖且閒。葉園美無度，有花字雌丹。晨粧謝膏沐，秀色若可餐。芳根裹春泥，舉贈不作難。䩐鞢照池亭，一洗儒生酸。從今杜陵眼，不復嗟長寒。何以報嘉惠〔一〕，作詩當琅玕。

〔一〕「嘉」，鈔本作「佳」。

秋曉野步

案：此詩據《南宋名賢小集》增入

幽居邇郊原，出户目已瞭。閒擕一枝竹，散步及秋曉。寒烟引輕雲，滄滄縈木杪。矯首矚層穹，轉盼失飛鳥。野潦浄荒陂，驚飆泛枯篠。世態徒營營，此心殊了了。佳處誰與論，聊用付清醥。

香山集　卷三

七言古詩

次韻伯壽兄海棠

無情長笑杜陵老，不識海棠春意好。東坡作意賞東風，爲愛輕綃映肉紅。枝頭點綴知多少，貪睡今年開不早。含情欲開還未開，紫蝶黄蜂亦懶回。可憐熟視明人目，長恨年年看不足。曉來風定雨霏霏，減却春光一片飛。多愁更被花相惱，寧惜春衫同藉草。

潘淑妃

東昏當日寵容華，潘妃步步生蓮花。閲武堂前種楊柳，玉兒雪腕親沽酒。蓮花不見楊柳空，蒼烟白露雜悲風。

張麗華

張家女兒號麗華，十歲選入君王家。君王一見念玉雪，唤作後庭瓊樹花。臨風結綺香風度，自謂朝朝兼暮暮。那知夢斷金井欄，往事茫茫墮煙霧。

廣信試院追和東坡催試官考校韻

深院鎖凉秋，西風坐間好。几浄窗明塵不飛，似躡紅雲至三島。數枝淡淡桂新香，千帶垂垂柳初老。此邦天下秀，多士鄒魯無。負薪或解談王道，被褐無非懷璧夫。五兵奪目庫觀武，大嚼快意門過屠。誰言拔才古難必，披沙求金要須得。回思裏飯然脂燭，一心敢擬思鴻鵠。

吉老手刃凶人爲母報仇詩以紀之

卧冰叱馭全忠孝，王氏多賢今古同。公乎孝行驚創見，落落豈特漢晉風。凶人夜半發丘隴，敢爾殘暴不畏公。古來刃讐不共天，痛貫肝膂何時窮。刳心設祭久自許，何况臨機敢不武。拔刀斷賊血模糊，袍笏雍容詣官府。忍恥貪生真可羞，退之諄諄言復讐。請衣一擊當報怨，豫子猶能致嘉傳。如公壯志今已伸，他日定爲忠義臣。行看氣節動天子，詔書一洗泉下恥。

木狀元惠示近詩一卷作詩爲謝

洪都通守詞華溢，漢殿文章元第一。萬卷落落蟠胸中，三江衮衮懸吟筆。贈我玉佩聯玦環，未數大鵬兼小山。欲知風味不能盡，此卷長留天地間。

向伯章通判請賦畫扇

晴天萬頃浮烟水，小艇鳴榔烟水裏。一聲欸乃西風起，滿輪明月蓼花秋。富貴於我真浮漚，世間何事不悠悠。

爲周提宫題尚友堂

先生高節昭流俗〔一〕，未應名宦能羈束。歸來卜築傍泉石，灑落軒楹照山谷。外羅君子六千人，中有插架三萬軸。我嘗一日坐其間，至今清興猶堪掬。

〔一〕「昭」，原作「作」，據《永樂大典》卷七二三八改。

題晚節香亭

周侯人中英，爲文若翻水。苦節凌雪霜，香名馥蘭芷。考槃在幽谷，篁竹富清美。竹邊兩桂樹，碧葉光薿薿。扁堂曰節香，欲以規業履。竹桂日以茂，業履日以修。一觴一詠知未稱，願續《離騷》賦《遠遊》。《離騷經》曰：「依前聖以節中。」又曰：「雜申椒與菌桂。」《遠遊》曰：「舒并節以馳騖。」又曰：「麗桂樹之冬榮。」

丫頭巖

自有宇宙有此山，萬八千歲須臾間。亭亭造天屹石壁，雨淋日爍逾堅頑。且無泉瀑美裙帨，肯以草木媚容顏？丫頭得名良未稱，那有巨手梳髻鬟？會當呼作陸砥柱，長與羲娥閱往還。

侍御宴僚屬於番江樓以卧病不克與分韻得四字

使君自是廊廟器，五馬一麾聊爾耳。今年清净獄既空，去歲豐登米不貴。郡中九賢政可十，京兆三王何足四。乘閒領客宴江閣，對景題詩忘肉味。坐間僚屬總文采，筆下波瀾更源委。夏木陰陰啼鳥喧，烟波渺渺輕帆駛。錯落觥籌略達尊，從容笑語窮幽意。嗟予薄命捩翻羹，卧病空齋吟擁鼻。畫戟凝香不同賦，白衣送酒猶霑醉。追攀逸韻苦無才，想像清歡欲生翅。蘭亭被罰定非佳，金谷望塵吁可媿。他年江左仰遺風，應有畫圖傳盛事。

題楞伽寺李公山房藏書閣

小閣峥嶸在空谷，云是先生讀書屋。不見善和數千卷，空聞鄴侯三萬軸。先生一去幾經年，山色依然爲誰緑。只今賴有衛夫人，壁上蕭蕭數竿竹。

春晚遣興

乳鴨池塘春水滿，秋千院落東風暖。簾間燕子語雖忙，葉底黄鸝啼更緩。長大何如年少時，雕鞍駿馬踏芳菲。閉門不覺庭花落，顛倒殘紅作地衣。

次韻王侍郎寄題亦好園

磬湖鷗鷺自相親，湖邊山園步步新。魚鳥細看自足樂，芋栗可收猶未貧。我覺有園貧亦好，人笑此園何太小。他年便擬當菟裘，不羡蓴鱸歸計早。

種菊

子猷借宅亦種竹，淵明荒徑猶存菊。九日黄英凜碎金，三冬翠幹森寒玉。亦好纔園一畝寬，恨無九畹養芳蘭。聊種寒花一百本，要伴此君秋後看。

僕坐釣磯季野弟寄詩來因次韻

湖岸柳根半欹側，柳邊仍有陂陀石。不因斧鑿成漁磯，燕坐未妨鈎餌垂。磬湖寧待他山錯，白波分影涵翠幄。翠幄陰中千結藤，對面好山羅畫屏。遥岑無雲明入眼，遺我爛如巖下電。平生不憂臭於銅，俗氛安能蔽重重〔一〕。興來散策飢來食，起居無時惟其適。詩窮吾師杜少陵，一杯未用身後名。他年掛冠不待老，歸來從君乞身早。

新居成茂恭以詩見賀次韻奉酬

子美堂工始上元，斵手乃在寶應年。顧我無能爲杜役，有此屋廬差不難。欲移脩

〔一〕「氛」，鈔本、續叢書本作「氣」。

竹梅花亞，暮靄朝烟迷上下。室遠地偏來者誰，時有相思稽老駕。平生願足不願餘，底用虚名更著書。雖無拄腹五千卷，且有山陽宅一區。海内長句君最好，辱致新篇爲善禱。雞豚社酒幸不遠，來往他年成二老。

蚊

慢膚秋來困撲緣，手不勝拍身聽旃。昨夜獰飈愜人意，一掃天宇何澄鮮。蚊子蚊孫與蚋伯，飛鳴適意須明年。

題葉省幹見示詩卷次韻一篇

微官詎足施才具，每向閒中有佳句。要同秦系下長城，却笑屈原無聖處。穿天出月摘清芬，煎膠續絃唯有君。命題探韻儕輩分，昂昂野鶴在雞群。緑髪才名今白首，未數憑虚與烏有。會當載酒擘鸞牋，共試吟邊三昧手。葉少有「閒傍蒼苔數落花」之句，爲汪彦章所稱。

謝君植矮梅百許株蟠屈如輪臘至皆著花灑灑可愛

孤竹低回首陽下，許由偃蹇箕山巔。謝君雅有林泉趣，種得江梅如二賢。南州臘月温和早，賴有冰花除熱惱。鱗差百樹夾徑明，似過山陰雪中道。

試院一首

南國諸侯老賓客，霜葉青衫頭雪白。繡衣使者急搜賢，又向文場三捧檄。全閩多士如鄧林，大厦度材慚匠石。細看太白日萬言，時取《武成》二三策。清心期識璞三獻，過眼敢迷目五色。只今雖無衣鉢傳，向來未省原天覔。更長寧辭燭屢秉，漏下何啻夜十刻。回思前日踏槐花，忍使青袍輕飲墨。

余同年由試院積俸給買馬而歸中路幾逸戲作長句贈之

知君幾作東野畢，瘦馬田間風欲逸。圉人白汗似翻珠，暫爾奔騰未爲失。歸家須辦紫遊韁，玉轡紅纓摇鬧裝。一鞭嘶風映垂楊，要試寧川春草長。

安撫開府史丞相誕辰

一年好處橘初緑，雨後秋容浄如沐。潭潭大府忠孝家，黄堂正奏千秋曲。揮毫落紙妙卿雲，千佛經中蚤致身。横飛直上九萬里，金魚玉帶真天人。籌邊利國知誰似，直節長才堪重寄。手扶杲日照乾坤，力轉洪鈞陶品彙。櫜兜戟纛粲煌煌，紫極聯休衮繡光。暫向閩都分帥閫，再歸天闕致時康。鯫生才業等纖線，昔辱甄收今論薦。喜看太白應長庚，樂頌燕公符玉燕。舊聞莊叟説大椿，八千爲秋八千春。願將眉壽同長久，永作皇家柱石臣〔一〕。

參議李郎中惠示古律詩兩巨軸次韻首篇奉酬

鄴中七雄迹既掃，謝樓夢斷池塘草。仙李詩人麻竹多，佳句唯傳杜陵老。省郎句法專後來，壓盡今世詩流才。并刀翦水有佳致，月中聚雪無纖埃〔二〕。穿天出月餘四紀，來詩有「宣和中作」，故云。捉月風流今不死。從教人售一杯水，自信筆挾風霜字。次山風味喚仍回，老文猶未磨蒼崖。收拾明珠百餘斛，寒光入夜闔復開。我得公詩興嘆慨，千古長留詩卷在。秖恐天官下取將，人間古貨今難賣。

〔一〕「皇」，原作「王」，據鈔本、續叢書本改。

〔二〕「月中」，鈔本作「中月」。

八月十五夜翫月

前年磬湖新雨歇，獨繞湖邊待明月。夜深雲散月華來，疑是山陰踏晴雪。去年鎖宿校群英，冰娥於人亦有情。仰看一鏡緣雲上，俯聽春蠶食葉聲。今年廣文在官舍，亦復開樽臨月榭。慈顔一笑綵衣輕，誰云官冷孤清夜。酒闌月色更徘徊，捲簾開户真佳哉。懸知明年應更好，扁舟正泊雙溪隈。

予由中都還至暨陽道中聞禽鳴云明朝早起插田作詩識之

溝塍雨新足，穲稏秧正緑。林間鳥聲喧，明朝起插田。明朝插田起須蚤，謝汝殷勤勸畦稻。禽聲禽聲亦不惡，大勝人歌《金縷曲》。

送劉孟治司令之官四明

先生行孝人莫攀〔一〕，平生急禄怡親顔。三千曲禮髮已白，七十老萊衣尚斑。秋容新沐江涵天，潘輿低昂御花間。憑誰爲唤吴道子，一寫畫圖連越山。

若耶曲

若耶溪上凉如許，五月清風不知暑。半空濃翠接蒼烟，滿眼輕陰覺疏雨。織女潭邊深復深，繞門山畔石成林。紅粧蕩槳誰家女，笑入荷花無處尋。

〔一〕「行孝」，鈔本、續叢書本作「孝行」。

點檢朝陵内人頓遞至西興道中紀事

平湖瀲灧摇春風，扁舟輕駛如飛鴻。垂楊萬縷長青茸，倚岸崇桃醉臉紅。滿空烟雨霏濛濛，柯橋精廬聞午鐘。平疇麥苗青芃芃，崇峰秀岑紛玲瓏。圖經未看名叵窮，雨葩烟葉交朦朧。吾欲圖之誰其功〔一〕，妙語却思六一翁。解道山色有無中，薄暮艤舟依竹叢。夜深點滴聽孤篷，天明利涉浮梁雄。錢清雖小炊烟重，我生之辰今適逢。一杯不暇緣匆匆，聊以新詩娱老悰。龕山西北水溶溶，白鶴橋邊小梵宫。海天茫茫空復空，放眸一望日本東。蕭山小邑河陽同，桃李漫山如錦幪。谿旁驛亭名夢筆，故居知是江文通。西興浦口天連水，滿眼長安紫翠濃。

〔一〕「功」，鈔本、續叢書本作「工」，《永樂大典》卷七八九二亦作「工」。

四月二十九日坐直廬讀山谷效東坡作《薄薄酒》二章慨然有感追賦一首

薄薄酒，勝獨醒。醜醜婦，勝鰥煢。笙歌鼎沸不須羡，松風滿耳自足聽。前遮後擁未必樂，邀月對影堪娱情。晚食有味可當肉，衡宇無災勝列屋。魯東門外聽鐘鼓，齊宣堂下狀觳觫。何如巢林一枝，飲河滿腹。水碓多至三十具，胡椒滿貯八百斛。何如濁酒一杯，彈琴一曲。子平爲富不如貧，子方稱賤能驕人。高明之家鬼可瞰，網射納税官不嗔。中山醇醪醉千日，文君遠山致消渴。不如茅柴百錢可一斗，荆釵白頭長相守。

次韻王待制讀東坡詩兼述韓歐之美一首

文章端與時高下，列國有《風》周有《雅》。建安氣質混不傷，齊梁紛紛堪斗量。

先唐詩人子韓子，落筆洗空千古士。篇章杼軸自己出，正派猶能傳六一。作詩餘事真詩仙，騎麟被髮何翩然。韻寬泛押入傍近，窄韻宜搜期押盡。鈎章棘句未多郊，古諷新題寧數稹。五季詩流喜穿鑿，蟬噪蛙鳴嗟衆作。皇朝天人歐與蘇，星鳳初見人驚呼。醉翁句法到勝處，紆餘條暢今古無。鋪張揚厲詞藻掞，雅稱金泥兼玉檢。一篇妙絶廬山高，幾首清新寫鬱陶。造化機緘富狀彙，豈獨文星南斗避？如何妄評味短長，自古群兒喜嘲議。雪堂羈窮如牧之，得非天欲昌其詩。平生古律三千首，無媿清風白雪詞。才如太白更無敵，文似子長兼愛奇。江西宗派不足進，自鄶以下曾無譏。流傳海内皆珠玉，到處逢人俱願學。不須酬唱説西崑，宋有歐蘇唐有韓。二文謂文公、文忠也。邈乎其杖几，一編且誦蘇夫子。

古風一首奉送淳叟太博通守豫章

劉侯精神秋隼緊，高論懸河傾不盡。至尊動色嗟諤諤，權倖切齒畏謇謇。致君未覺賈誼疏，濟時尚嫌馬周窘。三年博士向見治，萬卷蟠胸一何敏。欻然大起故鄉思，自請題輿佐旗隼。笑指江城欲載馳，輕棄班列誰能挽。羡君去騎日駸駸，顧我朝行猶蠢蠢。語離寧憚十觴連，惜別不知雙淚隕。贈言見意乏珠玉，作詩餞行少鉛粉。從今數日待君歸，握手修門未爲晚。

都丞李侍郎叔永和予小園二十六詩因成古風一首奉謝

黄昏兀坐對疏竹，欻有寒光臨蔀屋。焚香發軸得新詩，炯炯驪珠二十六。三唐妙音久已斷，輞川麗藻今能續。報瓜何必枉瓊華，抵鵲奚須費明玉。韓豪蘇仙吁可畏，白俗元輕何足録。從此磬湖三畝園，絶勝李愿一盤谷。

都丞侍郎再和屋字韻詩次韻奉酬

小園五畝依篁竹，中有茅茨數椽屋。小橋度水既窈窕，側徑穿花仍曲六。慣看翠碧羽差池，時聽黄鸝聲斷續。詩成持鼓過雷門，誰信抛磚能引玉。長篇麗句爲藩飾，小草么花蒙著録。懸知家世以詩鳴，壓倒平泉與昌谷。

李侍郎三和屋字詩次韻爲謝

衛武文章比淇竹，閉閣著書欣仰屋。胸蟠載籍餘萬卷，爲家五百九十六。詞華爾雅《騷》可奴，議論淵源經可續。筆端凜凜挾風霜，齒頰泠泠漱冰玉。久知廣大端可法，自顧么微何足録。願同湛輩附羊公，庶比江西派山谷。

何司業和屋字詩見詒次韻奉酬

亦好園林富松竹，愛山堂上書連屋。恨無妙語爲題品，空對奇峰有十六。先生佳句落泉石，杜詩韓筆端能續。有如妙響發朱絃，恰似清音動寒玉。須知小圃辱提撕，何異寒門被收録。從今草木有光輝，盎盎春温入鄒谷。

寄湖口劉少魏主簿求皂湖石

平生愛石似奇章，老矣一拳猶未致。夜來夢繞太湖側，萬玉嶙峋清有味。夢回身復落紅塵，聞道皂湖山可人。幸致一峰爲我壽，爲君作詩傳不朽。

伯琬明府年兄和予致字韻詩舉英石見遺謹次來韻以報盛貺

久聞英石空流涎，意欲得之無力致。士衡東頭富玲瓏，染指獨許嘗鼎味。明窗浄几拂蛛塵，尤物定自能移人。報惠慚無百金壽，贈公相好無時朽。

公家一峰如終南，須信是中有佳致。對之忘飢亦忘愁，豈待聲色兼臭味。嗜好蕭然迥出塵，同年要是我輩人。世間何物如石壽，墨妙與之俱不朽。

周希稷見示詩卷作詩爲謝

周郎列宿胸中羅，筆端有口如懸河。贈我明珠六十八，一一照乘圓無頗。我學《穀梁》失也短，君才士衡患其多。中興功業要紀述，浯溪石崖當往磨。

次韻楊廷秀《浣花圖歌》

詩翁衔袖出清詩，醉墨淋漓驚乍寫。明珠炯炯照户牖，恍疑驪龍睡遺者。彌明高唱詩云云，此翁一掃如飛蚊。詩狂克念酒作聖，樽前笑殺劉師命。李白張旭稱世賢，姓名優入少陵編。平生我亦忝詞客，自得此詩輕尺璧，他年别去長相憶。

香山集　卷四

七言古詩

王樞使生辰

金華千古赤松宅，中有初平叱羊石。雙溪衮衮瀉蒼波，三洞潭潭接天碧。鍾英孕粹昴星精〔一〕，文章蚤歲瑞王廷。横飛直上九萬里，紅顔兩鬢何青青。金鑾疇昔揮毫處，嘗草尺書招贊普。職親執聽玉宸鐘，夜分更秉金蓮炬。只今右府冠樞衡，坐運精

〔一〕「粹」，鈔本作「翠」。

神軀五兵。一烽莫覩狼烟燧，四海不聞金革聲。蒼生顒顒待霖雨，黄屋便蕃頒異數。姓名久已覆金甌，東街行築沙堤路。江左夷吾望更尊，二十四考何足論。已見威棱動蠻貊，會看勳業照乾坤。六十門生焚蕙炷，再拜祝公如衛武。柱石皇家不計年，長容礦質入陶甄。

題旌忠廟次王龜齡韻

睢陽截然當賊中，嬰城既久糧食空。矢死不降有二公，青史皎皎書其忠。國家涵養自建隆，上至鵷鷺下羆熊。一節一義皆獲通，無不昭然簡宸衷。建炎多難誰奮躬，開門納降何匆匆。達官尚爾況困窮，嗟嗟唐侯一何雄。抽甎擊敵甘命終，願以頸血污刃紅。精誠貫日亘雲穹，上徹九重達堯聰。詔令血食居鎮東，激昂臣子忠勇風。嘉名千古齊華崧，王仙作詩美抗戎，豈比《爾雅》詁魚蟲。

次韻王龜齡侍御不欺室

與玄雖非童九齡，向來亦既許攀鱗。從容撰屨飽言論，我知公直社稷臣。此心炯炯貫白日，何止不欺尋丈室。霜臺白簡凛乘驄，史館誅姦森直筆。紫巖先生子張子，百世一人嗟已死。室中八十四驪珠，千載流芳同信史。魏國張公作《不欺室銘》，凡八十四字。

飲餞王共父分韻得轉字

子猷風味最諸王，墨妙文工眼如電。慣吟疏雨滴梧桐，解道澄江淨如練。去年落筆中書堂，姓名高徹蓬萊殿。至尊動色催除目，俾向蘭臺參俊彦。要成遠業待時須，故遣讀書破萬卷。夫何歸思動岷峨，自請題輿近鄉縣。學省諸公悵别離，擊鮮載酒開芳燕。欲澆胸次數日惡，剩作林亭百壺餞。落花送酒舞繽紛，亂絮催詩飛眩轉。臨歧那用賦銷魂，但要修門重會面。

題愍孝廟次王龜齡韻

曹娥卓行傳豐碑，越人往往貴女兒。建炎蔡氏有孝子，事比孝子尤瓌奇〔一〕。自從結髮讀書史，倜儻不受靮與羈。迺翁詿誤落囹圄，疚心疾首泣以悲。胡能安坐視父繫，朝暮哀訴當旌麾。府公儻許贖父罪，名隸卒伍所不辭。不然奮身事征討，赳赳勇力猶可施。黄堂沈深身則微，雖有誠懇無人知。歸來靜默心語口，此事感悟當以屍。臨河勇決不復顧，純孝寧不由天資。緹縈上書解刑網，言雖迫切身無虧。文本理冤由一賦，孰與捐命如含飴。殺身成仁古所罕，殆類餓踣齊與夷。事聞黄屋亦動色，亟詔立祠河水湄。嗟嗟元應固不朽，萬口至今皆一詞。東嘉夫子好事者，作歌登載仍吁嘻。異時國史編宋雅，人間重見《白華》詩。

〔一〕「子」，鈔本作「女」。

二月二十四日楊廷秀郎中諸友約遊西湖余以小疾不至分韻得子字

都城西頭二月尾，湖水平堤縠紋起。南北山光罨畫中，淺深草色裙腰裏。群仙領客泛艅艎，黄帽劈波驚鰋鯉。中流劇談聞兩岸，鬮坐題詩動盈紙。如澠自足醉朋從，餘瀝猶能霑走史。當年曲水迹已陳，此日渼陂歡莫擬。蹇予小疾獨不至，詩伯索詩殊未已。筆已老矣何能爲，但誦西湖比西子。

王丞相生辰

金華千仞摩穹蒼，雙溪迢迢碧流長。清淑之氣從風翔，霜縑霧縠不足當。真賢挺生金玉相，上擷屈醽薰班香。疇昔視草居明光，鴻文大册壓《常楊》。既陞紫樞兵氣揚，運籌決勝如子房。鴻鈞一氣轉混茫，相吉崇璟何足方？直與夔龍爲雁行，烟火萬里俱耕桑。冠帶百蠻走梯航，玉皇案前勤贊襄。坐令我宋如虞唐，中書事業殊未央。二十四考嗤汾陽，北堂西母壽而康。榮封大國富井疆，錦衣命服粲煌煌。麻姑一半鬢未霜，亭亭玉樹階蘭芳。徽猷凝操書道昌，向來王謝今秪王。十倍江左浩莫量，四海同詞祝壽觴。願公壽比赤松强，永作一柱扶明堂。

次韻王龜齡狀元西湖賞梅

乘閒選勝真悠哉，正見千樹冰花開。天寒日暮湖面净，疏影著水清無埃。杏桃畏寒不敢吐，春榜占作群花魁〔一〕。廣平無人何遜死，睥睨欲賦嗟無才。東嘉夫子一何妙，筆端遊戲成瓊瑰。繁英麗句鬬清好，不用白鷺雙飛來。要令奚囊出佳什，故遺漁唱傳清杯。西湖處士骨雖槁，一喚暗香風味回。

〔一〕「群」，鈔本作「百」。

次韻逢使君寺丞見贈

冰花零亂飛庭户，夜色晶瑩似三五。詩仙曉贈白雪篇，便覺清風追吉甫。區區五斗不知疲，故園應有《北山移》。凍冷不暇搜佳句，千里歸心到鄉樹。

贈神童林公滋公澤女神童幼玉

一英二孺同一家，衮衮誦書幾五車。語音婭姹春簾燕，稚齒清便蘭砌芽。聯茵並載驚都市，萬里青雲從此始。兩駒應佩金削刀，雙鬟會作女博士。《魏志·甄后傳》：后幼喜書，數用諸兄筆硯，兄爲后言：「汝當習女工，用書爲學，當作女博士耶！」

二月二十一日何司業集客於張園玉牒給事命予賦詩紫微舍人左史舍人亦以見委因成七言十韻一首

寒食初過天氣佳，帝城名園緑藏鴉。白綿紅雨互飄泊，鶯啼燕哢紛交加。司成領客當暇日，不惜醉臉生紅霞。坐中賔客皆賢豪，一一圭璧無纖瑕。夕郎風采照今古，封駁不貸姦與衺。紫微筆語妙天下，文鋒凜凜森莫邪。左史聲名動六合，豈特疇昔傳三巴。一朝櫻筍德星聚，《離騷》可奴玉可衙。蘭亭觴詠僅堪比，金谷歌舞徒能奢。我有一匹好東絹，誰爲作圖千古誇。

送楊飛卿國録

楊侯作録來成均，野鶴昂昂端不群。一朝議論不入意，棄擲禄位如浮雲。群公挽衣留不住，直入苕霅親耕耘。惜吾無力叫帝閽，不能以侯直諒聞。

丙午仲春西湖舟中作

春陰將近一百六，絮擘晴雲新雨足。烟邊芳草碧如茵，籬畔海棠紅映肉。相攜逗曉出城西，城西風景如杜曲。兩岸雲光罨畫濃，一湖春水蒲萄緑。坐中豪俊雜吴蜀，磊落群書紛拄腹。掀髯一笑浪波間，淋漓衣袂尋碁局。他年想像此風流，應作生綃圖一幅。

天台歌

涉海神仙誇蓬萊，登陸勝地稱天台。天台枕海連四明，萬峰千嶺相縈迴。赤城繡出綺霞色，瀑布界破瑶山青。神仙居處寸步有，遊人白日迷杳冥。剡溪昔年有二客，五月此山同採摘。只知采采不盈筐，不覺行行失歸陌。龜腸蟬腹忽鳴飢，傾壺進食欲令誰。山桃一顆垂林畔，共食欻然肌骨换。下山得水澗石中，以手飲之還濯盥。又見蕪菁出山腰，一杯圓轉中流漂。二人相顧却相謂，此地去人應不遥。過溪水深四尺許，又度一山逢二女。韶顔艷色世所無，南國東鄰何足數。笑唤劉晨阮肇名，相識渾如舊有情。問郎若箇來何晚，遂即殷勤相奉迎。入户幔帷殊不惡，錯落珍珠與瓔珞〔一〕。

〔一〕「珍」，鈔本、續叢書本作「真」。

只將左右幾青衣，也勝人間誇綽約。逡巡進脯飯胡麻，瓊杯片片斟流霞。不知仙客來何處，各把宫桃慶女家。歌吹嘈嘈張内樂，顔色有歡情有樂。金鵶飛入向虞淵，客散虚堂掩簾箔。夜深各擁一仙娥，泛泛鴛鴦在緑波。和鳴乍自秦簫起，行雨初從楚夢過。瞥然一留因半載，天氣常如三月在。百鳥哀鳴不可聞，感此茫茫愁似海。俗緣未斷身未輕，思歸日有求歸聲。更招女伴作離樂，共寫深衷無限誠。曲終一出山中洞，萬里雲烟空目送。歸來不見去時人，寂寞驚魂若春夢。子孫雖在不相知，欲尋舊路已多歧。綦迷柯嶺難重見，花失桃源空自悲。風流雲散令人惜，至今猶唱阮郎歸。

重陽

一年秋節重陽濃，園林上下皆清風。遠山百里削寒玉，平湖十畝磨青銅。亦好茂樹蓊西北，露枝霜葉紛青紅。枝頭寂寂少啼鳥，天外隱隱飛征鴻。弄月基蟠緑淨中，東南况有小垂虹。潭清潦盡境更好，水落石出摹難工。愛山堂前花作叢，疏疏楊柳瘦毛同。紅蕉碧桂互掩映，蘆花蓼穟交蒙茸。新亭爽塏瞰空濶，憑欄一目連七峰。烟霏霧靄掃欲盡，但見突兀撑晴空。攜筇更登月山椒，嶙峋怪石高玲瓏。香爐近出陂陁側，雲黄復在南山東。水聲激激來澗曲，颼颼風響生樛松。菊英萸實籬可採，山肴野蔌盤能供。作詩頗類臺戲馬，吹帽未減山名龍。良辰美景樂心賞，四者偶並今始逢。明朝不問蝶愁絶，更飲黄花琥珀醲。

次韻茂恭見寄

中書一揮千萬言，有如水懸吕梁間。奔逸絶塵不可及，蹇欲從之良獨難。如君文字可華國，胡爲猶在南湖側？樊川昌谷縱多才，欲以比君那可得？君家紅杏連白榆，似向君王得鑑湖。水光溶溶浸山色，樓臺上下如冰壺。磬湖蕭瑟逢秋令，男呻女吟貧非病。阿奴碌碌僅自全，伯氏今亡嗟短命。恨我不如大小山，徒爾思苦仍辭艱。既無擊鉢揮毫敏，空愧詩筒數往還。

題李氏擁萬堂

我如王恭讀書少，君如鄴侯藏書多。排籤插架三萬軸，知從何處能網羅。上自先秦下五季，奥帙隱篇皆略備。不同邢邵嬾校讎，丹墨精研吁可貴。君不見廬山先生子李子，白石房中富文史，胸蟠萬卷筆如神，事業文章俱兩美。又不見西蜀劉公少常伯，今侍講侍郎劉公，字韶美，西蜀人也。平生醢芹嗜圖籍，傾貲盡寫中秘書，隨身卷軸車連軛。邇來置書事經綸，論思獻納日日新。君今堂中書汗牛，願君學李兼學劉。盡攬英華歸肺腑，一鳴便作沖天舉。

月窗以所畫觀音見遺爲賦一篇

白衣仙人雲海上，肉眼欲看唯想像。月窗道人心孔開，貌得人天行道相。吾聞伯時晚畫佛，妙處不減王摩詰。龍眠久矣寂無人，安得却有伯時筆。

硯屏〔一〕

長江遠浪連天碧，岸柳垂垂臨斷石。漁舟一葉白頭翁，獨把釣絲待魚食。我身猶是紅塵客，對此無言三歎息。安得輪竿入手來，與君共釣消長日。

以春盂送茂恭蒙以古詩爲謝次韻奉酬

我家古甕彭亨腹，十年貯酒色如玉。傾瀉惟須老瓦盆，精器便成蛇著足。花瓷脆薄誰能攜，遣送君家保不虧。雖然金盌末伯仲，儻與椰樽相等夷。

〔一〕鈔本此詩録於卷四之末。

悲夏畦

案：此詩據《南宋名賢小集》增入

悲夏畦！南畝苗未長，東皋草已齊。旋令嫗婦辦餉饁，獨引丁男耘稗稊。悲夏畦！炎天炙背如爇雞，渴來不得飲清溪。寧知水榭冰山裏，猶自頻嫌日未西〔一〕。

〔一〕「未」，鈔本作「永」。

香山集　卷五

五言律詩

題三洞

千古巢仙地，嵌空本自然。一看三嘆息，十步九留連。似入華陽洞，疑通小有天。何時洗塵垢，來作枕流眠。

三月六日宴李家園亭

林園過元巳，流水遶芳藂。略彴半尋影，酴醿一扇風。杯盤花氣裹，枕簟鳥聲中。公子敬愛客，月明樽未空。

郊行

散策林塘路，秋深别有光。晦明雲聚散，濃淡樹青黄。晚覺衣襟冷，風吹橘柚香。菊花何處有，聊欲試重陽。

次韻季野弟蠟梅

媚色全勝柳，孤標半似梅。蘂寒金粉膩，香重麝臍開。徐筆那能畫，并刀未易裁。扶頭中酒味，安得一枝來。

讀書

傍砌看黄妳，臨池誦《子虛》。顧慚雖耗忘，聊復惜居諸。屋上兩鸜鵒，波間雙鯉魚。疑他不識字，何事也聽書？柳子厚《答許京兆書》：「神志荒耗，前後遺忘。」

讀《玉局集》

曉讀蘇僊集，披翻未覺勞。衙官視宋玉，奴僕命《離騷》。赤壁清風遠，黄樓逸興高。獨嗟生苦晚，不得侍揮毫。

留别伯壽兄

相過不憚遠，相迎慰所思。須知對床處，絶勝陟岡時。夜雨論疇昔，秋風惜别離。明年楚東景，準擬共題詩。

之官桐川道中口占

登道重逢驛，離家再及晨。雲輕山色曉，寒淺鳥聲春。碧澗梅花老，銀杯竹葉新。前途風日好，持用悦慈親。

戲綵堂有作

捧檄及偏親，斑衣聊效顰。旨甘貧有味，温凊静無塵。北户足萱草，南風宜棘薪。版輿多喜色，庶不愧安仁。堂之前有棘一樹。

次韻趙景明呈許明府

卜晝開英集，瑶林映珷玞。顧慚梅隱吏，繆接范萊蕪。官柳春猶淺，江梅韻亦孤。他年想風味，應有汭川圖。

對鏡芙蓉二嶺相望僅三十里高不知幾百尺十步九折殆不啻蜀道之難也己卯孟秋沿檄過之僕夫告痛已亦罷極因成小詩

石鏡寧堪對，芙蓉不是花。險中多虎跡，平處少人家。曲六虵行迴，欹危鳥道斜。白雲宜入望，不怕亂山遮。

九日同尤司户舟行遊梅山

令節逢重九，相攜鑑上遊。扁舟浮舴艋，左手把蝤蛑。紅葉明青眼，黄花重白頭。晚來風色好，歸棹得夷猶。

題聽雨軒

小軒在官舍，不與囂塵並。清池浸窗檻，修篁礙簷楹。幾當迢迢夜，聽此瀟瀟聲。懷哉對床約，輾轉難爲情。

晚行竹山道中

山瘦溪如練，丹青見亦稀。亂鴉將影過，孤鷺帶霞飛。秋色此時老，故園何日歸？西風吹獨立，搔首怯征衣。

始生之日黎明以職事出郊

征鞍隨曉色，重露濕衣巾。誰謂懸弧日，翻爲執轡辰。野花工笑客，啼鳥故窺人。呼酒澆孤悶，何心作好春。

朝爽之前瑞竹忽生

好竹逾千箇，數莖忽發生。月明連理影，風細合歡聲。矯矯雙鴛舉，翛翛兩鳳鳴。秖應三昧手，綵筆畫難成。

端午至太平寺

客裏逢端午，僧廊雨氣凉。篔簹千箇碧，薝蔔六花香。魯類程尤遠，潘輿興自長。糝蒲傾美酒，笑入醉中鄉。

題九華山用太白聯句韻

千古池陽郡，九峰應最華。明珠絢晨露，麗綺粲晴霞。嶺頭過子晉，巖腹甜洪崖。謫仙無復見，空想夏侯家。

題建德驛用經略張舍人壁間韻

殘暑塗山去，凉風至德來。吟餘秋色老，客裏菊花開。傳舍全依石，中庭半是苔。張公有佳句，三復興悠哉。

新安遇雪

寒色今朝異，屯雲萬里同。定知花翦水，不是絮因風。薄宦翻成旅，愁吟未易工。白頭親八十，留滯楚江東。

次韻謝子良詠雪

晚來寒氣重，景物故撩人。不厭詩雕腎，寧辭酒入唇？恍驚殘夜月，疑夢故園春。欲倩何人畫，紛紛飛玉塵。

青巖道中

寒食江村路，東風野渡航。一篙春水碧，兩岸落花香。飛絮匆匆遠，青山故故長。兹遊自奇絶，底用更尋芳。

周少府由姑熟送余同宿於玩鞭亭

相别古桃郡，相逢南豫州。五年勞望眼，一笑失離愁。碧水溪橋暮，西風野店秋。追隨成夜宿，不爲玩鞭留。

寄陳孟容二首

先生湖海士，餘子詎能班？正始清談近，黄初美句還。相望半舍外，契濶數年間。何日衡茅底，匏樽一破顔。細草還堪藉，柔荆亦可班。馭風如肯過，踏月不妨還。種藥臨花畔，分流遶竹間。眼邊無俗物，頗似一瓢顔。

廣信道中

昔日題詩處，重來續勝遊。緑陰初入夏，蒼鬢幾經秋。細雨渡頭市，孤煙汀際舟。溪山雖信美，翻恨不淹留。

次韻侍御晚宿三叉口

故里頻懷梓，新堤未築沙。文章真吏部，吟詠許劉叉。酒醆孤風物，詩筒隔歲華。相思江路遠，煙雨茁芳葭。

書大洞僧壁

招提閟林麓，魚鼓白雲邊。地僻疑無路，山深别有天。幽花充佛供，好鳥伴僧禪。何日征鞭暇，重來借榻眠？

寒食遊香山

杖藜隨所適，花柳自村村。野岸桃臨水，人家竹映門。香泥飛燕子，芳草思王孫。著處堪沈醉，春醪正滿樽。

被郡檄禱雨丹井山徐真君祠登山拜畢即獲霶霈追用韓文公郴州祈雨韻

欲解驕陽厄，寧辭祀禮繁。純誠殫䆾䆾，英烈仰言言。雲陣千屯合，雷聲萬馬奔。晚來歸路好，飄灑勢騰軒。

紫霄宫

間關穿木杪，詰屈轉山腰。自昔形清夢，於今到紫霄。容儀粲冰雪，環珮響瓊瑶。安得顧吴手，憑渠圖素綃。

攝邑獄空

番邑於今劇，民風自古雄。琴堂慚久攝，劍獄喜新空。縲索塵埃裏，桁楊片段中。使君端不擾，顧我百無功。

石井

山右最佳處，有泉生石傍。虚明秋後月，清冷雪前霜。鰻井真牛後，龍湫可雁行。濯纓仍漱齒，政爾不能忘。

遊西源

萬里西源路，秋風屐齒鳴。嶙峋千障碧，窈窕一川清。天柱雲霄迥，香爐霧靄輕。何當攜翠袖，重遣酒壺傾？

奉和趙大本教授何處春深好二首

何處春深好，春深泮水家。不妨頻折角，寧復誤隨車。已見傾三峽，行看判五花。日邊催覲速，芝檢紫泥斜。

何處春深好，春深倅貳家。雨低簷外柳，風度牖間花。有意揮吟筆，無心顧麴車。慈顔一笑粲，戲舞綵衣斜。

景德道中口占

捧檄東方日，芳春未及歸。路花紅掩映，溪樹緑因依。鳥語催寒食，人煙接翠微。尋詩忘遠近，細雨濕征衣。

由安仁回宿大木寺

御史題詩處，山深草木雄。一番青燒雨，十里錦帆風。婆餅林間語，山茶葉上紅。明朝入於越，吟詠與誰同？

奉酬王宗丞用宿大木寺韻見贈

譽處千鈞重，文章一世雄。詩工穿月脇，檄好愈頭風。北嶽關山碧，南州茘子紅。使君今北海，還許一樽同。

送侍御帥夔府

湖海番君國，江山白帝城。凝香餘坐嘯，飛詔趣遄征。譽處千鈞重，輜車一羽輕。攀轅雪眉老，送目逐雙旌。千古楚東郡，風流今在茲。魯公元直道，文正不妨詩。鉗吏似束濕，蹇龍如使兒。甘棠足遺愛，會有去思碑。西風動行色，詩景繞征鞍。赤甲懸危壁，黄牛瀉急湍。猿聲雲背落，山勢馬頭盤。天險須人守，毋辭蜀道難。諸葛仍祠廟，公孫只故基。棟梁酣夕照，雉堞蔓秋葵。耿耿登臨意，悠悠今古思。烹鮮不勞力，餘事杜陵詩。四海猶多事，中原未版圖。皇心思啟沃，赤子望霑濡。八陣難留滯，三階拱進趨。茂弘寧有意，江左待夷吾。

被檄之上饒言還未幾又復往焉至小渡遇雨遣興一首

檄至方云急，吾行敢滯留。朔風經小渡，細雨過中洲。小渡中流有洲，名中洲。冉冉新斑鬢，飄飄敝黑裘。欲知來往久，三見月如鈎。

九月五日周少府衛秀才會飲吴波亭周有詩因次韻

碧水初微落，黄花亦未簪。三人千里客，尊酒五年心。我獨年齊白，樂天云「不覺身年四十七」，余今年與之齊矣。君皆句似陰。不妨鐺脚坐，聊作夜深吟。

次韻王侍御夜宿高牙

相别三時久，相望萬里賒。攜書期過雁，徙倚至昏鴉。風雨番君國，雲煙夔子家。何時趣歸覲，重許拜高牙。

至日見梅

漸老身仍健，多愁鬢易華。異鄉逢至節，細雨見梅花。酒薄那能醉，詩成敢自誇。何時故園裏，徙倚看横斜？

次韻俞尉春日遣興

漸欣長晝煖，欲解短爐圍。春色已如此，故園猶未歸。韋編今日事，回首去年非。鏡裏衰遲色，多慚壯志違。

留別趙明府

綵棒漫分部，牛刀新發硎。花城方竊蔭，瓜戍已餘蓂。生計雙蓬鬢，歸心幾驛亭。他時重會面，應是眼俱青。

初離鄱陽

三年勞簿領，今日進歸程。意與長途遠，身兼薄縠輕。板輿頻送喜，山驛屢逢晴。道上人争指，霜髭綵戲榮。

衢右道中

投曉行衢右，經旬别楚東。侵衣梅溽雨，吹面麥秋風。壠畝凝煙外，峰巒滴翠中。懸知鄉井近，漸喜語音同。

漸喜家居近，相望六驛間。脱身江左役，洗眼浙東山。鄉味初充饌，慈闈亦破顔。經過穀溪水，應笑鬢毛斑。

村居夜坐讀王右丞《山中與裴迪書》愛其清婉有魏晉風味因集其語作詩一首亦老坡《哨遍》之義也

景氣既和暢，故園殊可依。遠山映清月，曲水涵淪漪。寒犬吠如豹，村舂聞自機。因思曩昔友，攜手同賦詩。

獨善堂

賞心并四者，文史足三餘。不作簪紳念，唯便水竹居。佳名元籍籍，真樂每如如。月旦遺評在，今經幾建除？

靈山寺

松竹聲中寺，山深人迹稀。石從林背出，雲向屋頭飛。野鹿寒仍聚，棲禽暮自歸。怪來襟袖冷，濃翠濕征衣。

買舟至九里松遊三天竺

解維凌皺玉，輟棹理孤笻。遊遍三天竺，行窮九里松。泉聲依石細，山色共秋濃。佳處吾能識，幽巖倚秀峰。

香山集　卷六

五言律詩

次韻外舅黄虞卿爲愛山園好八首

爲愛山園好，芒鞵步步高。緑針撏露韭，碧箸翦春蒿。但得林泉趣，誰能州縣勞？何慚王孝伯，痛飲讀《離騷》。

爲愛山園好，芳籬占一涯。自耘三徑草，不斷四時花。柳絮風中雪，芙蓉水上霞。銀潢何處是，不擬問仙槎。

爲愛山園好，年年草色新。醉眠欹柳幄，吟坐俯苔茵。栗里風煙古，樊川花木春。誰云無伴侶，對影共三人。

爲愛山園好，都無塵世喧。穗禾臨芰沼，繩草對苔垣。去就隨佳醖，窮通付寓言。還同李長吉，來過有高軒。

爲愛山園好，蕭齋竹逕通。疏簾捲雌霓，曲檻倚雄風。愛酒杜陵老，煎茶桑苧翁。菟裘真得計，蹤跡免飄蓬。

爲愛山園好，投閒日日來。花時長夜飲，雪後煖寒杯。一逕松篁影，滿畦桑柘栽。未能湖海去，幽興亦悠哉。

爲愛山園好，林塘十畝寬。露深花臉濕，春淺柳眉攢。只擬希高隱，那能縛小官？壽山誰問訊，太白正虯蟠。

爲愛山園好，紅塵半點無。自應成小隱，誰復嘆將蕪？香秫五十畝，黃柑二百株。何必隨俯仰，歸去亦良圖。

次韻劉淳叟見寄二首

九萬垂雲翼，胡爲乃倦飛？丘園聊偃息，巖阜故因依。蝶栩新酣睡，鷗馴久息機。秪應與風景，相賞莫相違。

出處雙青鬢，生涯一釣舟。淺深山遠近，濃淡樹稀稠。隱几晝逾静，捲簾春更幽。何當乘興去，艬棹向汀洲。

次韻季直小疾初愈見寄

暌違纔一日，懷想似三秋。忽得五字句，真成百不憂。荷花要同賦，竹徑擬清遊。明夜月華滿，杖藜能過不〔一〕？

〔一〕「不」，鈔本作「否」。

二月二日大雪

磬湖二月雪，寒氣故裴回。麵市連天合，銀花照眼開。送窮窮不去，俗以正月二十九日送窮，二月二日爲迎富。招隱隱難來。幸有麴生在，何妨略耻罍。

遣興

山園近寒食，春事總芳菲。風暖鶺鴒語，日長蝴蝶飛。花光明醉眼，草色净塵衣。自足家居樂，爲生未覺非。

昔忝郡文學，今爲宗子師。政懷三釜樂，那復《四愁詩》？時服光摇目，香秔滑溜匙。唯應講風雅，儻可解人頤。

伯兄由臨海歸省出示近詩次韻奉别

相别既四載，相看如友生。未成投轄飲，先作倒衣迎。夜雨方同聽，秋風又獨行。不堪分手處，霜重雁行輕。

重九會飲愛山堂

閒居愛重九，賒酒對黄花。水榭杯盤瑩，家人笑語譁。宦情薄秋靄，吟思繞晴霞。向晚歸途好，飄飄醉帽斜。

乏酒

摇落偏悲客，清寒易中人。寂寥那自守，淡泊亦殊真。浮俗仍皆醉，虚談浪飲醇。高歌傲燕市，忽憶重千鈞。

五舅處士惠訪小園作詩爲謝

五舅多道氣，相過茹杞苗。意行隨緑徑，情話竟清宵。送酒飛花急，撩人鳥語嬌。不堪分手處，風雨晚瀟瀟。

海上作

晴浪空仍白，雲峰遠更青。乾坤幾萬里，聚落一浮萍。自昔聞溟渤，從今小洞庭。端如初發覆，坐覺病眸醒。

再用彝公長老韻贈嗣宗教授

居易青衫舊，安仁素髮新。愁思中酒聖，貧忍論錢神。白也詩誰敵，潮乎筆更親。生辰宿南斗，同是數奇人。

疊嶂寒溪硯屏

疊嶂千重秀，寒溪十里清。漁舟朝欸乃，樵斧晝敲鏗。窈窕疑身到，幽奇訝筆精。蕭齋凝睇久，坐覺世情輕。

次韻何茂恭永新見寄之什

起家從吏役，寧爲食無魚。遊樂廢山澤，懷歸畏簡書。文章簿領外，風采折腰餘。卧轍從兹始，爲謀未覺疏。尺書將遠意，飄忽渡江湖。嘉楮藤溪少，纖毫月窟無。封題煩妙札，沾丐到迂儒。多謝相思切，迢迢千里途。

立秋日迓宣諭中丞奉懷宋嗣宗

繡斧離朝右，羸驂走道周。侵星宵不寐，曝日夕初休。天地方炎暑，山林漫早秋。廣文官舍静，應念汗交流。

試院九日次王茂材丞公韻兼呈翁沂伯廣文

秋杪仍新霽，天涯憶故鄉。少陵三坐客，太白兩重陽。深院日復日，寒花黄未黄。昔年吹帽飲，今日讀書牀。

筠溪

精舍仍幽處，深溪冒淺篁。寒聲隨浪起，翠影共流長。斷岸通秋月，虚簷受夏凉。雖無杜陵韻，絶勝贊公房。

二月五日夜夢何茂恭論詩

不見水曹久，相思亦已勤。夢中不識路，樽酒細論文。家食甘春薺，官居采泮芹。何時真會面，風月與平分。

挽鹽官縣丞何公

先子生辛未，齊年見此翁。從容六紀内，隱約古人風。教子從書積，延賓畏酒空。階前桃杏色，依舊入簾紅。

夜夢亦好園

薄宦思歸切，天涯秋氣深。一番南國夢，千里故園心。歷歷湖邊路，悠悠沙上禽。横枝清絶處，何日復追尋？

聞東嘉王公得擢學士喜而成篇〔一〕

四海王夫子，精忠簡冕旒。詔綸飛渙渥，禁閣要名流。江左思安石，朝端欠武侯。命珪兼召節，蚤晚到南州。

由真隱至枕峰寺

南國清秋杪，長林翠靄重。嬾黄千頃稻，深碧萬株榕。峽水風前急，西峽，渡名。方山雨後濃。征鞍何所憩，蕭寺枕孤峰。

野外初凉冷，征衫亦未重。檀欒溪上竹，勃窣道邊榕。秋意撩人切，嵐光潑眼濃。更尋天竺寺，却憶此高峰。

〔一〕「擢」，原作「雜」，據鈔本、續叢書本改。

題雪峰寺

蘭若接閩天，登臨意豁然。樓臺秋色裏，鐘梵暮雲邊。未遂遊山興，聊爲借榻眠。白頭仍捧檄，奔走只堪憐。

八月十六夜月

一更山吐月，萬里湛虚明。聊當中秋色，堪欣此夜情。西風金盞側，香霧玉簪横。却憶青蓮語，寒鵶棲復驚。

送廣漕曾郎中赴闕奏事

緑鬢懷中詔，清秋向上都。聖圖方廣大，賢路不崎嶇。會見除清切，寧須復轉輸。公如任風憲，抨劾莫踟躕。

侍太孺人由安國過賢沙至鳳池

板輿多樂事，沙路及晴時。約略瞻龍臥，逶迤到鳳池。匏樽細斟酌，華髮足遨嬉。此意安仁解，嘌酣更賦詩。

山陰

緑髮經行處，重來兩鬢絲。共誰論舊事，何處有新詩？鑑水春妍蚤，蘭亭雪意遲。邦人争指似，壽母近期頤。

禹帝祠 有序

余往來越中廿五年，未嘗不致疑於禹陵。以龍瑞之禹穴爲是耶？則其大曾不盈咫；以告成之窆石爲是耶？則自昔以爲葬衣冠，皆非陵也。淳熙戊戌四月十一日，齋宿祠下，同孫簽判次襄、夏察判蹈中自窆石登山，披榛荆至絶頂，見其地正平，中起大冢，前對群峰，下瞰窆石，巍然儼然，真前代王者之陵寢也。於是前日之疑始釋，因相與再拜，喜而賦詩云：

幾歲欽文命，今朝拜禹陵。稽山新雨霽，鑑水暮雲凝。更覩玄圭錫，懸知四載乘。川靈洎河伯，千古獲依憑。觀有璋一、璧一、圭二。

有感二首

冉冉新華髮，颼颼敝黑裘。一官方半刺，六十已平頭。稠疊耶溪泛，崎嶇禹穴遊。未能江海去，聊作稻粱謀。再有淮南亂，紛紛幾戰場。血腥官道雨，骨映野田霜。行陣青黄氣，朝廷赤白囊。何時洗兵甲，四海重耕桑？

次韻伯壽兄秋日偶題

漸老良多感，悲秋强自寬。鬢驚潘掾白，衣怯范生寒。逕合荒苔碧，窗明落葉丹。澆愁須暫醉，忍放酒杯乾。

夜發曹娥堰

孤燈乍明滅，隱約小橋邊。野市人家閉，晴天斗柄懸。秋深風落木，夜静浪鳴船。却憶前年事，扁舟過霅川。

書堂

每憶書堂好，重來又十年。征途聊復爾，風物故依然。松竹千巖暮，雲煙九月天。憑欄佳興發，欲進剡谿船。

九日諸暨道中示興之

客裏逢重九，蕭蕭落葉風。略無花對菊，但有鬢如蓬。蕉卷新收緑，楓旗半展紅。登臨語宗武，剩喜一樽同。

道中口占

出郭及初旭，郊原豁寒晴。雲浄空既碧，霜明湖更清。蕭蕭衆木下，杳杳孤鴻嗚。安得陶謝手，作詩替丹青。

空山古寺裏，齋宿值冬晴。塵囂一何寂，心境兩俱清。砌月曉霜色，松風夜籟鳴。語闌人未寢，孤館伴燈青。

題隱静寺

杯渡已仙去，兹山餘勝蹤。傍雲開廣殿，夾道蔭長松。幽洞秋含霧，清溪冷浸峰。老僧如宿昔，一笑喜相逢。

訪何茂恭於南湖何有詩因次韻

相别三年久，相逢一笑時。眼邊無俗物，袖裏有清詩。山路梅花早，湖天雪意遲。不眠成夜話，寒月在疏枝。

即事

亦好經年别，歸來意轉親。横斜花練練，清淺水鱗鱗。又逼瓜時戍，聊娱戲綵身。新添蘭桂圃，近在岸西漘。

紫笑

表裏俱穠紫，冬春獨擅青。每蒙天一笑，德壽最喜此花。不與素同馨。風味撩吟筆，芳菲入畫屏。幾番饒睡思，聞此灑然醒。

雨餘

雨餘平野緑，耕種滿東皋。處處鞭黄犢，家家賣孟勞。筠盤餽糠粃，瓦盌薦溪毛。所願甘霖足，梁間掛桔槔。

謝趙昌父投贈詩卷

趙子有新作，鼎珍初出庖。端能工競病，寧復費推敲？白戰應難敵，清臞亦任嘲。風流前輩盡，試合續絃膠。

三月六日湖上分韻得山字

剩漲三篙水，寬圍十里山。垂楊飛舞裏，細雨有無間。把酒從杯溢，題詩任鬢斑。青春仍暇日，莫惜晚西還。

三月二十六日工部宿直

邃宇近霄漢，微風摇竹梢。漏聲通五夜，鐘韻自三茅。衣裓偏宜睡，杯單詎用庖？夙興那敢後，雞唱已嘐嘐。

題秀野堂

秀野臨空濶，三堂若是班。荷香平入座，湖影倒涵山。魚鳥丹青裏，雲煙水墨間。他年儻同社，應共狎鷗閒。

奉酬鮑仲山機宜見贈

四海今詩伯，才名許孰儔。波瀾掩顔謝，步驟到曹劉。婉畫參機幕，精忠動冕旒。時危須戮力，談笑復神州。

次韻陳魯望郎中

筆底詞華盛，寧論大小山？敷腴建安際，古澹貞元間。未許窺三昧，時容見一斑。草堂詩律在，風味唤仍還。

温泉

招提閟林麓，棟宇壓江郊。來作温泉浴，如逢癢處搔。綵衣臨砌檻，華髮對尊匏。一笑凉風起，紅皺荔子梢。

曹務拘綴不及赴張持荷賞梅之約因得小詩寄似

渺渺煙波濶，南湖在帝城。梅將春共早，人與境俱清。筆墨探三昧，樽罍有四並。未能乘興去，遥望目增明。

題郭邵州同塵庵

榮辱酣歌裏，賢愚睡眼中。未應分野馬，那復障西風？晏坐從凝席，揚鞭任軟紅。巖棲兼鼎食，處處不妨同。

臘八日雪參議林郎中有詩因次韻

玉樹參差見，銀花子細看。淖糜分臘序，圓炭度朝寒。參議餉臘粥，府公分圓炭。冉冉頭新白，匆匆歲又殘。聊憑一杯醉，忍把兩眉攢。

香山集　卷七

五言律詩

次韻李大著《春日雜詩》十首

春晚饒芳景，官閒得細看。隔窗黄鳥並，開卷壁魚乾。過雨蒼苔濕，迎風翠竹寒。髮華搔更短，斗酒自相寬。

漫仕歎遲暮，卜居城北偏。已教山白石，秖欠沼清泉。簾透一簷月，窗横數尺天。雜花還映竹，故故自芳妍。

賤子知何幸，萊衣老更斑。白頭居杜曲，清夢到香山。余所居山名。琢句愁雕腎，銜盃喜渥顏。此身慚暮翼，飛倦未知還。

偏親須寸禄，匠院敢辭留？頗媿花經眼，還應草喚愁。身唯親布被，交已絶牙籌。詩興抽毫足，無勞入海求。

花日淺明牖，竹風低度墻。舉頭空弱絮，轉盼墮危芳。興遣憑毛穎，愁消賴羽觴。陰陰繁夏木，故里耿難忘。

借居仍種菊，往往似天隨。日味三春酒〔一〕，燈明午夜棋。閒臨永和帖，細誦建安詩。潦倒同中散，歡欣似啟期。

帝里春仍好，風和晝漏遲。但懷三釜樂，遑恤《北山移》。老大諳斑戲，空疏媿色絲。平生杜陵老，耿耿寸心知。

屯雲初解駁，曉日有晶輝。城郭紅塵軟，江湖春水肥。小舟浮緑浄，芳徑步熹微。起我故山思，多慚未拂衣。

〔一〕「味」，鈔本作「詠」，續叢書本作「永」，義長。

素髮已垂領，故園猶未歸。鳥聲思磴道，柳色憶荆扉。嫩緑枝邊暗，殘紅葉底稀。幾多新乳燕，一一出巢飛。

二載違枌社，全家客帝都。濁醪充上頓，清俸付中厨。親老唯須養，皇恩詎敢孤？逍遥處山澤，未忍學仙臞。

次韻王黽齡《春日湖上》

春老花茵積〔一〕，雲開天鏡磨。暖風今日好，細雨向來多。柳蔭青絲障，湖明金叵羅。何時成醉倒〔二〕，煙草藉晴坡。

〔一〕「老」，鈔本、續叢書本作「日」。
〔二〕「時」，鈔本、續叢書本作「辭」。

羅春伯以《吕居仁集》寄似作詩爲謝

平生子吕子，妙語總關心。忽得詩三百，端勝書萬金。惛惛醒睡眼，炯炯浄煩襟。何以報嘉惠，空慚緑綺琴。

六月二十二日夜省宿一首

省廬頻宿直，何異在承明。地峻江聲近，風輕荷氣清。鬢毛真騎省，詩思小陰鏗。記得山村日，馳情向玉京。

印印詩有序

予在工部，常兼屯、虞、水三印。去歲八月一日，暫攝奉常三日，復暫權禮部，又兼二印，爲五。信宿乃生印印，故以命之。生八月餘而卒。今歲仲秋五日，蓋其周晬，憶而成詩。

印印秀而好，明眸冰雪膚。逢人賞岐嶷，問字識之無。若有萬金藥，真成千里駒。空花今已矣，晬日一長吁。

十一月二日與陸明府陳廣文黄使君吴都曹江廣文同飲於閎中堂修年契也酒後耳熱因得小詩呈似

菊色猶黄處，梅花未發天。三山千里客，一笑六同年。公等多朱紱，予方乏坐氊。清談仍痛飲，應作畫圖傳。

同德坊寓居

天地方摇落，江湖入夢思。三爲京輦客，十見歲華移。亹亹金閨直，蕭蕭素髮垂。殘年飽喫飯，細誦少陵詩。

檢書偶見故王侍郎嘉叟舊與余倡和之什良用慨然因題四韻

文字名三世，精神運五兵。徒看遺墨在，却嘆曲池平。浙右頻犀麈，江東幾兕觥。倡酬今已矣，撫卷淚縱橫。

挽高宗皇帝詞

扈從浮江日，憂勤立極初。八年躬甲胄，萬國混車書。治定端無競，功成自不居。休明媲虞舜，逸樂夢華胥。

天地重開闢，民人拱德馨。奎文賛元聖，宸翰列群經。禮樂盈三紀，光華亞九齡。龍髯攀莫及，臣子涕交零。

入局言懷

學省清秋好，無塵意趣長。講餘簾影静，坐久綵衣凉。未有裨王族，真成耗太倉。顧慚麋鹿質，亦許玷朝行。

寄宋子淵運使

對閣思槐市，成規媿奉常。六年談笑阻，千里夢魂長。將漕衣仍繡，空餐鬢已蒼。何當奉犀麈，風月要平章。

判院蔡文和予五詩次韻一篇奉酬

病起驚華髪，官閒覺素餐。文章慚李益，名譽羨蘇端。老去觀書嬾，愁來避酒難。非關作詩苦，自爾帶圍寬。

黄講書太器見和五詩次韻一篇奉酬

客氊寒莫致，官舍總蕭然。睡思茶甘外，窮愁酒力邊。未成投轄飲，時作撥書眠。野鶴如雙鬢，衰遲秖自憐。

獻之大著得予《喜賦》以詩來謝次韻奉酬

奪袍吟處筆，墊角雨餘巾。黄絹才無敵，青藜杖有神。將乘桓典馬，肯受庾公塵。老我知何幸，窮塗獲卜鄰。

茂林見訪有詩次韻奉酬

解鞍揮玉塵，亹亹笑談清。昨夜燈花喜，今朝乾鵲聲。興同狂祕監，詩似老彌明。憶昔南臺北，相逢蓋始傾。

陳彦山寄示新詩次韻奉酬

山園寧厭小，閒地只如馨。木落長天碧，雲飛遠岫青。故人應見憶，新詠許時聽。句好何勞琢，雖搜不用冥。

題周希稷清閟軒

之子藴琅玕，幽軒足考槃。蘢葱煙翠濕，瑣碎日光寒。似向蘭亭見，全勝墨本看。是中雖信美，未可懶彈冠。

喜雪

同雲生舊臘，積雪入新春。野色連滄海，驩聲動紫宸。峰巒朝掩映，樓閣夜精神。莫展山陰畫，雖工不是真。

贈陳宣幹

嗜古心仍切，尋詩句益工。十年江左別，一笑日邊同。補外吾天幸，懷歸子道東。好爲旬朔款，解榻待春風。

侍親由三山還東陽

南雪不到地，玄冬偏滿山。春風仍料峭，綵袂正斕斑。廣厦千間静，虚空一宿閒。此身如羽翼，飛倦始知還。

文舉仙尉以詩寄似兼惠新安紙乳洞茶次韻奉酬

閉户鶯聲老，開緘鯉素新。多慚青眼舊，遠寄白頭人。佳楮冰天繭，芳芽雪洞春。著書兼破睡，勒謝敢辭頻。

題雲黄山寶林寺

彌勒下生地，溪山秀且長。蕭蕭雙樹碧，冉冉片雲黄。曉日觚棱浄，西風松桂香。十年疏杖屨，玉石耿難忘。

錦園

孟夏錦園好，山花高下開。風欹紅芍藥，雨重紫徘徊。衣染香邊蘂，鞵粘緑處苔。鶯歌兼蝶拍，時送掌中杯。

山園多勝踐，繚繞磬湖濵。畦藥青生甲，湖波緑動鱗。鵓鴣知欲雨，鴉舅報將晨。却憶京華日，長懷浩蕩春。

題何茂宏茂恭林堂

華堂閟林樾，林秀水泉甘。野色袁家渴，秋聲鈷鉧潭。二難今有此，四者許誰參？他日承明直，懸知憶翠嵐。

月桂堂

月桂堂何有，池清桂影横。晝圖寧辨此，玉斧巧修成。入夜境逾妙，纔秋風又生。饒陽巖石下，隱約欠分明。上饒有巖如月，巖中一樹如桂，名曰「月巖」。

廿五兄宣義見招偕諸弟赴新亭宴集即席有作

瀟灑新亭好，松長桂亦稠。清秋集鴻雁，暇日勸觥籌。既遠含香直，何辭秉燭遊。主人情義重，終宴不知休。

錦園雙桂植之二十八年未嘗著花今忽盛開紫趺黄蘂所未曾見喜而賦詩

疇昔栽雙桂，於今四七秋。紫趺香冉冉，金蘂色浮浮。標致殊他桂，風流最蓐收。無才强摹寫，著語故難遒。

八月十三夜仲季二弟弄月亭對飲

今宵端正月，故故向湖山。玉兔窺杯凸，冰娥怪鬢斑。詩情角里逸，酒膽夏黄慳。興罷度橋處，天風松桂間。

次韻程觀過夜飲靈濟祠下

松月瀉清影，爐煙凝宿雲。檠燈寒照席，樽酒細論文。清漏轉三鼓，芳杯釂十分。絶勝銀燭裏，妙舞看榴裙。

送朱師古少卿歸蜀

西蜀多賢士，於今見奉常。十年方出守，萬里好還鄉。峽水冬無險，河圖晚有光。臨歧分手處，政爾不能忘。

丞相王公挽詞

炎統中興日，淳熙翊贊功。憲邦同吉甫，待旦類周公。一品恩榮重，三朝禮貌隆。欲知勳業盛，請眎鼎彜中。

維嶽鍾英粹，興王有俊良。文章周衛武，書考郭汾陽。調燮民庸茂，彌縫主道昌。中台一宵坼，四海淚滂滂。

疇昔翹材館，疏庸獲屢遊。衮衣無傲色，吐握有勤求。輔弼十年久，雍容片善收。至今天下士，語及淚交流。

丞相大資葉公挽詞

雙谿鍾地讖，一相破天荒。道至黄扉重，勳由紫府昌。堤成歡百辟，台坼泣群方。盛烈銘鐘鼎，千秋耿不忘。

德望堂堂重，威名凛凛寒。三年衮衣粲，四海寸心丹。緑野悲裴度，蒼生憶謝安。白頭賓客在，慚痛淚闌干。

挽商元鼎

舉世方貪禄，斯人秪自怡。一官如涕唾，半世足遨嬉。心地陂千頃，生涯酒一卮。唯應郭有道，吾不媿爲碑。

挽黄泰之

漢世無雙價，皇朝第一流。文章驚北闕，名譽滿中州。槐市師模邃，蘭臺史筆遒。所嗟時未合，不作濟川舟。

挽樓士特

平生易諸子，向我獨拳拳。雪屋傾銀斝，春風並錦韉。笑談多竟夕，契濶未經年。來作生芻奠，凄凉涕泫然。

挽唐立夫舍人

才名振西蜀，老氣益中州。草制追《盤》《誥》，籌邊動冕旒。已令榮壓角，復遣飲遨頭。千古九江恨，長隨逝水流。

挽石似之郎中

幾作儒林冠，親承帝渥隆。雙旌大江左，一節古吴中。列宿英聲在，浮雲舊事空。無從挂吾劍，老淚濕西風。

挽國史侍讀李公仁父

大名垂宇宙，秀氣發岷峨。學比淵雲贍，才方賈馬過。九朝資直筆，二子振賢科。已矣流芳在，千秋保不磨。

挽處士陳容

乾坤身老大，邱壑跡委蛇。不枉安車召，誰爲薦鶚詞？平生五千卷，身後寧馨兒。他日編遺藁，應多感遇詩。

歷數鄉閭老，誰知德齒尊？無心遊魏闕，有意樂丘園。漫不霑三釜，真堪映九原。涕洟歌楚些，已矣莫招魂。

挽李靖少傅夫人

九月秋光急，山川苦霧迷。卜邙新隧啟，度隴短簫齊。寶劍知終合，靈蟾已隕西。松門來會葬，車馬幾千蹄。

板輿曾至鄭，靈輤此歸周〔一〕。靄靄雲將夕，亭亭月正秋。九原開祔穴，故土覆新丘。歲晏寒松下，茅苫孝子留。

挽湯丞相漢國夫人

七秩芳名盛，於今等逝波。承天登宰輔，看子掌編摩。鳳去青春獨，鸞回紫誥多。他年彤管史，兼述《采蘩》歌。

〔一〕「輤」，鈔本、續叢書本作「輀」。

香山集　卷八

七言律詩

春水

磬湖春水夜來生，曉起雷聲逗雨聲。去馬來牛心莫辨，鸕鷀鸂鶒眼俱明。飄零花片有底急，摇曳柳絲如許輕。旬月烟村半風雨，榆錢好爲買春晴。

次韻送季直弟入越

積雨新晴耳目醒，長堦柳色静閒庭。已看桃蕚臙脂濕，未有楊花雪片零。客路汝應懷稚子，家居吾亦念樵青。須知兩地無百里，不用陽關腸斷聽。

一室

陰陽一室冷兢兢，燕坐何曾病欝蒸？只擬綸巾持羽扇，未須赤脚踏層冰。滿盤碧玉初投箸，一榻清風更曲肱。掃地焚香凉到骨，疏簾何處欲揮蠅。

記夢

小窗幽閣睡初匀，夢到鈞天侍紫宸。盤號摺桃真異器，果名黄棗豈常珍？殊恩併浹鴒原弟，美味初嘗鶴髮親。願竭精忠圖報稱，覺來肝膽已輪囷。

次韻伯壽兄《宿華藏有感》

水浄溪空峰更青，目雖未到已先明。棟浮萬縷晴雲細，軒擁千重夏木清。幽興入門應自適，殘樽下馬與誰傾？老僧齋罷唯須睡，不信人間有月評。

曉霽

夜來細雨暗冥冥，曉起秋容入畫屏。水色浄涵天影碧，林梢微露遠峰青。嫩黄稼卧衡從畝，老翠柳拖長短亭。一晌西風醒睡眼，端如痛飲讀《騷》經。

題繡川驛揖秀亭次張明府韻

一色蒼波百頃煙，直楣横檻覆華椽。從來好景無今日，何限清詩似昔賢？把醆有山來酒面，憑欄無路到愁邊。我來政值雨新足，芳草芊芊緑滿川。

次韻趙禹平春日書懷

草色青青二月時，物華雖是我廬非。日明院宇燕相語，花發園林鶯亂飛。無數小桃初掩映，幾多垂柳自因依。春風十里歸吟筆，未用羅幃繡幕圍。

八月十四日亦好亭遲月不至分韻得秋字

亦好登臨似庾樓，是中風月最宜秋。素娥欲赴經年約，行雨潛分一段愁。聊復飛觴追勝賞，何妨秉燭事清遊。明年此夕看明月，千里相思楚水頭。

次韻衛知機秀才梅花

東君調護亦多情，瘦比夷齊徹骨清。有韻緑毛時倒掛，無塵白鷺可同盟。未應桃葉能稱姊，若齒山樊定是兄。何事故園頻入夢，疏枝新賞玉谿晴。桐川有玉溪梅，郡中施之圖畫。

謝張使君惠簟

瘦玉敲風翠幹長，織成漪浪瑩滄浪。封題尚帶鄱江潤，卷贈猶餘燕寢香。竹笛當年同秀質，桃笙何處避寒光？微軀詎足當珍賜，持奉親闈枕扇涼。

送張使君

桐川風物最三吴，刺史循良繼兩都。但見賣刀還買犢，誰知有袴本無襦。來時竹馬迎兒輩，去日棠陰遶舍隅。攀斷車轅留不止，他年應作祖張圖。

寄題梅山

平生滿耳説梅山，十里荷花繚繞間。宫女三千顔綽約，繡衣十萬綵斕斑。瀕江景好圖難盡，飛鷺詩工語莫刪。定約後期窮勝賞，不辭和月棹船還。

寧川

平生滿耳説宣城，入境雲煙照眼明。過雨偏濃千嶂碧，未秋先冷數溪清。細看菡萏波間色，時聽綿蠻竹裹聲。不是多才謝公子，江山猶解發吟情。

再用前韻

晚驅羸馬背重城，曉度層巒淡月明。醉與別愁相唤醒，秋兼詩思一齊清。舞風繁蓼堤邊影，泣露寒蛩草際聲。欲駐征鞍聊小憩，敢將王事徇私情。

秋浦試院奉和馬駒父見寄

也知融帳多餘暇，欲往論文偶未遑。棄置亡何投轄飲，經營俱下讀書行。子雲但覺玄猶白，元亮應欣菊已黄。辱贈清詩不知報，剩親燈火趁新凉。

由當塗回宿齊山用杜牧之韻

一望雲煙興欲飛，晴光聊復步熹微。幾年想像空懷古，今日登臨自送歸。寒菊有花宜靖節，澄江如練憶玄暉。夜深静坐清人骨，巖影侵堦月滿衣。

九日青陽道中呈張主簿

重陽時候在青陽，野店山肴對舉觴。菊蘂半開簪鬢好，橘包初破噀人香。西風有意吹紗帽，細雨無情濕錦障。但得一樽相對飲，不須更問是他鄉。

謁太平興國宫

平生耳滿太平名，今日身親謁太平。道子畫圖形未泯，盧君山水眼初明。雨餘翠滴千峰色，秋半寒生萬壑聲。扣石當年開洞府，儻容凡骨到蓬瀛。觀門之左有劉越石，乃康俗遇僊處也。

八月十五日夜試院翫月呈葉判官徐教授蔡主簿

西風細逐桂枝生，秋月圓從屋角明。歡伯向人端有意，素娥於客亦多情。試吟飛鵲南枝句，更聽春蠶食葉聲。從此塗山添勝事，四翁相遇四難並。

亦好園梅花

一别經年見未曾，衝寒相值意凌兢。肌膚姑射仙人雪，品格中山孺子冰。清淺池塘春未動，黄昏籬落月初棱。從來自倚心如鐵，被惱如今似少陵。

次韻茂恭元日大雪

逗曉褰幃著綵衣，忽驚庭户有光輝。緩將柏葉隨觴舉，細看梅花伴雪飛。阿堵無心來潤屋，詩仙有句到柴扉。酒酣笑共兒曹説，去歲如今歸未歸。予去歲元日猶攝邑婺源，未還侍傍也。

柳季修知丞以詩見貽次韻爲謝

古木陰陰繞屋廬，官居端的似田居。詩清子厚龍城句，字瘦誠懸殿壁書。那復有心追四至，只應無事富三餘。一樽閒論金罍事，爲笑紛紛竭澤漁。仲修嘗與予論及前此，縣僚以爲笑。

送交代李丞元舉

藍田松下日棲遲，不比韓公作記時。鵶首千行攀別淚，牛腰幾軸送行詩。我無楚尾歌來暮，君有齊民頌去思。自是中年多作惡，可堪烟雨話分離。

春盡偶書

溪流如帶碧縈紆，滿地閒花雜野蔬。濃淡柘陰三月暮，淺深山色晚晴初。頗驚井落家徒壁，却喜盤飧食有魚。蜀魄健啼春又老，揮鞭吾亦憶吾廬。

題顏范祠堂

聖宋神唐兩鉅人，高風勁節許誰倫？闤闠自昔宜雙廟，輪奐於今始一新。破敵威名優魏國，偃藩功業過張巡。後先來作江城守，俱障西風避庾塵。

宴餞逢寺丞口號

一扇清風自楚臺，公堂葱鬱玳筵開。旌幢映座千峰日，鼓吹喧天萬壑雷。秋水幾行揮玉箸，春葱千指送金杯。甘棠不獨留遺愛，會見翻爲調鼎梅。

捕盜至栗洪嶺下道人庵滯留數日遣興

亂山深處小溪隈，夏木陰陰水半回。風岸欹斜對青竹，雨枝低重弄黄梅。濃愁難辦新詩語，吉耗聊傾濁酒杯。戲綵老人須强飯，玉鈎纔吐即歸來。

題開先寺

少年魂夢到廬山，今日親遊鬢已斑。聊復揮毫吟紫翠，未妨拄頰對孱顔。遥看飛瀑三千丈，近去青天咫尺間。不爲白雲頻屬念，應遊此地不知還。壯觀端宜冠九州，未應萬壑敢争流。盡將銀漢爲懸瀑，一洗紅塵變凛秋。白雨廉纖飛迥野，玉龍夭矯下靈湫。廬山處處雖奇絶，不到開先未是遊。

鵝湖寺在鉛山縣，舊名仁壽院，以鵝湖山得名

長松夾道摇蒼煙，十里絶如靈隱前。不見素鵝青嶂裏，空餘碧水白雲邊。氛埃斗脱三千界，瀟灑疑通十九泉。五月人間正炎熱，清凉一覺北窗眠。

水鳥飛來一問津，璧宫珠塔便紅塵。開基古佛留遺像，直日奇峰列衆賓。芋火擁殘知永夜，霜鐘遞起嚮初晨。川徒渺渺驅塵駕，回首林前愧野人。

遊西源於白雲峰下煙霏霧靄間逢一女子縞裙翠袂玉雪可念同遊十有二人遂共酌酒於大石屏季直弟有詩因用其韻

相攜攝履轡層巒，翠蔓蒼蘿著處攀。身在天台秋色裹，路經巫峽暮雲間。欲飛還住一仙子，似淡如濃雙遠山。笑盡一樽無處覓，斷腸霧鬢與風鬟。

西禪寺

脩廊千柱壓城陰，山並廬山勝二林。六月簷楹無暑氣，四時山水有清音。鳥飛不盡上方遠，鯨吼希聞別院深。更欲題詩發佳境，泮林講説總關心。

予卧病數日意思殊昏昏中秋强起陪老人把酒對月不敢濡唇吻思去歲在當塗試院與諸公飲酒賦詩又一載矣因成長句

楚水塗山各一涯，今年還是去年時〔一〕。古來明月皆如此，我試停杯一問之。丹桂飄香知有子，飛烏遶樹似無枝。直須看到冰輪昃，忍負姮娥隔歲期。

次韻戲綵老人重陽懷故園作

瀟灑秋容雨後天，丹青端似倩龍眠。故園緑竹應今日，異縣黄花又一年。微禄秖堪供菽水，非材安敢擬淵騫？日來王事欣多暇，聊向樽前一粲然。

〔一〕「是」，鈔本、續叢書本作「似」。

送閻紫微歸蜀

曲江分袂十年中，一笑相逢楚水東。西掖判花知思湧，南墻哦竹坐詩窮。秋風但覺艅艎駛，畫繡何妨畫戟雄。道過夔門王内史，爲言雙鬢已如蓬。

寄周彦禮知丞樓文舉司理

從容里閈待時須，二老風流孰與俱？遷善節香如故否，望雲迎月更佳無？醲寒凛凛侵衣袂，薄雪斑斑入畫圖。欲把一杯論舊事，五年魂夢隔江湖。

次韻伯壽兄見寄

江國疏梅吐玉英，故園想見木欣榮。二年鴻雁碧雲闊，千里江湖春水生。冉冉池塘應入夢，瀟瀟風雨若爲情。行看戲綵青萱發，準擬芳樽相對傾。

二月十五日陪府公出郊勸農

雨過郊原草色勻，元戎小隊出城闉。聊穿阡陌溝塍路，偏勸耡耰襏襫人。紅杏梢頭春意好，緑楊深處鳥聲新。此行端爲劭農設，肯學醺酣吐錦茵？

陪曹使君牧馬寺勸農

朱轓小隊出郊坰，風捲濃陰作快晴。夾道老人迎五馬，囀枝黄鳥避雙旌。參差麥壠雲屯重，零亂梅花雪片輕。勸課定知非小補，扶犁攜餉趁春耕。

次韻木藴之狀元見寄之作

水遶星山木遶廬，江城孤絶政愁予。烏言爲吏居篁竹，烏鬼得魚歡里閭。照眼梅花寒皎皎，關心煙雨晚疏疏。真山多謝遥相憶〔一〕，長句新詩細字書。

登五峰亭望廬山

平生廬阜去無因，咫尺於今不得親。顧我塵勞四十九，羨他蕭散一仙人。太白四十九遊廬山，東坡四十九遊廬山，予今四十九矣。會當拄頰看山色，更欲題詩滿澗濱。爲報草堂蓮社友，掃雲開户待遊輪。

詠月〔二〕

何年玉斧巧修成，半似明生半魄生。易使飛烏來匝繞，難將老蚌較虧盈。《吴都

〔一〕「山」，鈔本、續叢書本作「仙」。

〔二〕「詠月」，《永樂大典》卷九七六三作「月巖」。

賦》：「蚌蛤珠胎，與月虧全。」桂枝不逐秋風老，水影長隨夜氣清。曾是廣寒宫裏客，舊遊重訪更含情。

陪通守李丈出郊

出郭旌旗及曉晴，朔風凛凛水泠泠。堵墻野老瞻泥軾，冠劍長松拂屏星。破臘梅花强半白，先春草色未多青。經行肯爲遊觀美，王事馳驅不敢寧。

曉行霜重如雪

霜重寒威一夜加，曉來人迹板橋斜。已看白雁來千里，想見青州滿百花。何處菊枝猶復耐，故園橘味定堪嘉〔一〕。慈顔正念征裘薄，歸去萱堂笑語譁。

〔一〕「橘」，原作「菊」，據鈔本、續叢書本改。

挽施州使君鍾公

弱冠爲儒世所推，中年事業更瓌奇。才名屢致諸公薦，讜論深蒙睿主知。郡政堅强同薤水，行囊蕭瑟似琴龜。只今惟有清江路，父老相逢説去思。

香山集　卷九

七言律詩

東歸

無邊春意正冲融，十幅歸帆到淛東。照水杏花紅蓊蓊，弄晴楊柳緑茸茸。風光併入吟毫裏，山色都歸醉眼中。説與林間子規道，丁寧不必向東風。

東歸見梅

老大無堪鬢似銀，虚名猶復玷簪紳。久爲碌碌趨朝士，暫作棲棲去國人。行李衝寒歸故里，江梅偷煖報新春。萬鍾於我何加益，三釜新來喜及親。

草堂成即事二首

三年留滯江之南，歸來故園寢亦甘。經理草堂唐竇應，耘耡荒徑晉陶潛。寸心自昔似南八，雙鬢只今如謝三。手栽楊柳既合抱，木尚如此人何堪。

燕雀桑麻五畮匀，香爐峰下磬湖濵。青衫不礙兩居士，白髮真成六老人。兄弟五人皆二毛，與老母而六也。子美浣花元不惡，淵明栗里總宜貧。作詩飲酒真吾事，回首江湖懶問津。

亦好園即事

誰將春色到山家，湖緑平堤草滿沙。細刻真酥水仙蘂，匀搓絳蠟海紅花。芳林得日鶯還囀，香徑無風蝶自斜。聊與後生修故事，未妨詩酒作生涯。

亦好園春晚再用前韻

境浄山明別一家，幾多垂柳臬平沙。閒中牽夢一池草，空裏愁人萬點花。細雨朝朝兼暮暮，淡烟整整復斜斜。緑陰青子真堪畫，滿意春風磬水涯。

經理西山同二客二弟姪輩侍太孺人遊觀聯句

西山仍復踞西臺，叔奇。石逕嶔崎此日開。虞卿。竹杖相邀七八客，季直。芳樽時釂兩三杯。仲文。瀑懸巖腹如飛雨，伯宗。石轉山腰若隱雷。仲文。敬侍慈顔供一笑，興之。陂陀坐穩興悠哉。〔一〕季直。

〔一〕「穩」，鈔本、叢書本作「隱」。

春興

日日春泥妨杖藜，一聲何處子規啼。紅將滿地花空委，緑盡前山草正萋。已辦篇章書側理，可無杯斝捧柔荑。清明過後芳菲少，桃李清陰欲滿蹊。

侍太夫人拜掃先塋季直弟有詩因次其韻

東郊雲氣曉疏疏，十里相攜霽色初。林幄盡頭聞杜宇，荇絲深處見王餘。提壺相勸仍沽酒，扶杖來觀或荷鋤。不向如皋閒射雉，真成一笑粲潘輿。是日荆婦不同行，唯奉板輿爾。

次韻伯壽兄中秋翫月

中秋自古月華好，何况浮雲掃碧天。不比尋常三五夕，須知瀲灧十分圓。晝簷影轉猶宜飲，銀漢輝斜未忍眠。却憶年時今夜裏，獨將醒眼對嬋娟。

東軒即事

嘯傲東軒得此生，平章物理憶淵明。晴塘灧灧起萍浪，夏木陰陰求友聲。聊欲庶幾三不惑，誰能復較四難並。旋燒蟹眼烹鷹爪，啜罷呼兒課《二京》。

寄程教授士廓

去年同宴小重陽，香霧霏霏橘半黃。楚尾吴頭雙妙麗，茱枝菊蘂總芬芳。十分滿釂白衣酒，兩袖濃擕燕寢香。回首只今如夢寐，暮雲烟浪正微茫。

重陽遣興

秋高身老少陵悲，不獨雲飛雁亦飛。紅葉色深偏照酒，黄花香重欲沾衣。絶知落帽歡娛好，最奈登山伴侶稀。强插茱萸修故事，未妨醉眼送斜暉。

亦好園江梅變紅仲文季直二弟有詩因次韻

蕭蕭亦好耐寒枝，天與風流一段奇。刻玉不惟工傲雪，施朱端欲妙凝脂。佳人赬頰今纔見，公子酡顔頃未知。便好作軒名頓有，二難連璧賦清詩。

雪中賞横枝梅花

横枝梅花最先開，影着清淺無纖埃。壽陽粧額依然在，姑射冰肌何處來？無數雪花新點綴，幾番霜鬢獨徘徊。想見懷安官道側，十里潔白如瓊瑰。懷安道中梅林綿亘十里。

戊子除夕追和陳簡齋《除夜》一首

世事年來已飽更，百年今夕兩分平。窗間蠟炬偎人煖，瓶裏梅花照眼明。瓦屋三間聊足喜，鬢霜千丈總堪驚。明朝同上西山望，應有江湖春水生。

次韻季直弟春日雪

休驚雙鬢二毛加，且喜東君發物華。未向林梢開嫩葉，先於簷際舞飛花。鼠鬚正好書春帖，蟹眼偏宜試露芽。便欲扁舟訪安道，不堪山驛水程賒。

次韻和夷仲節推陪府公遊北山

紅蓮猶得愛青山，翠木蒼蘿處處攀。雲水窟中聊假日，簿書叢裏暫偷閒。幨帷車乘春同到，燈火城門夜未關。我亦林泉曾俯仰，只今雙屨又塵寰。

題祥符寺靈山閣

一倚危欄已快哉，俯看屏障掌中開。江間碧浪循城去，天外青山入座來。隔岸幾聲聞鼓角，傍林千簇見樓臺。白雲只在孤飛處，西望闕心首重廻。

武夷山

冲佑觀前水紺色，昇真洞北山笋攢。群峰不斷四時翠，萬壑長留九月寒。溪上桃花引漁子，雲間仙犬逐劉安。平生飽識佳山水，直作東南第一看。

天申節望闕口號

日永凉生殿閣風，需雲宴衎慶流虹。明良叶德千齡遇，臣妾傾心萬國同。葵影綏隨羲馭轉，榴花高映御袍紅。西踰葱嶺東遼海，長屬堯封禹貢中。

試院次韻馬駒父見寄

華髮蕭蕭知更稀，回頭五十四年非。花添病眼正臨卷，春滿故園猶未歸。止酒獨醒陶靖節，寄詩相憶謝玄暉。若爲比得新篇美，西蜀江頭錦一機。

試院七夕

過雨秋風灑客裳，長廊廣厦更清凉。不看雲際癡牛女，細讀文中古戰場。病骨未輕聊把酒，時苦臂疼，以酒服藥。詩情欲適旋焚香。敢辭秉燭分清夜，猶記槐黄昔日忙。

陳知府體仁和予七夕試院詩並以龍涎數十餅爲餉次韻奉酬陳每講會甚盛

八郡經生滿鱣堂，那能斗酒博西凉？晚年刻意玄虚講，蚤歲留心翰墨場。憐我無氈寒坐客，分公燕寢舊清香。相逢一笑寧多得，歸去匆匆有底忙。

司户李巖詹和予《廬山詩》二十一篇作詩爲謝

東野龍鍾誇白首，巖詹矍鑠事清修。胸中似有九雲夢，筆下倒傾三峽流。和我七言清有味，能令三伏凛生秋。當年廬阜賞心處，恨不攜公九日遊。

題馮家洞

空巖寒氣凛兢兢，入户神清思亦澂。似應如非聲澒洞，已垂未落石峻嶒。深於幽俗藏冰室，險過文王避雨陵。刮蘚磨崖書淡墨，勝遊聊復記吾曾。

校官廳新栽巖桂

不將官舍等逆旅，故把霜根栽繞牆。他日花開映秋色，何人手折惹天香。丁寧護取森森碧，想像匀排粟粟黄。顧我疏慵百無取，未應人錯比甘棠。

參議李郎中見和次韻奉酬

頃歲題名曲江院，及肩曾許亞宫牆。胸中潤貯雲夢澤，筆下濃薰班馬香。省直舊霑衾半白，除書行見紙新黄。和篇如出少陵手，誰謂無心賦海棠？

再用前韻呈參議李郎中

獨冷官曹有底忙，經旬不得造門牆。雨添垂柳絲絲碧，風攬飛花片片香。顧我摧頽如病鶴，羡公騰踏勝飛黄。新詩迥出南豐右，不是無香似海棠。

寄張君玉

橘亭一别五回冬，痞痳何曾置此翁？二十五聲秋後點，八千里外月明中。夫君不寄平安信，而我方棲簿領叢。三峽江高天共遠，側身西望興何窮。

次韻周希稷《詠芭蕉》

經年不接故人書，開户逢渠了不殊。誰運七輪風裹扇，時跳千斛雨中珠。退之有意吟《山石》，摩詰無心作畫圖。爲愛青青無俗韻，故教移植傍庭隅。

次韻葉省幹重九樓上言懷

水落魚龍已退藏，小樓蕭爽裌衣涼。山雲雨過無窮態，巖桂風來不斷香。已分文章成白家，擬將富貴等黄粱。嵇康潦倒渾無取，豈復眉開一點黄？

送洪右史赴召三首

胸蟠補衮五色絲，筆驅波濤三峽詞。上追班馬真輩行，下視燕許如兒嬉。拙工廢繩那足道，巧匠縮手今當施。前途着鞭政須急，玉堂獨步非公誰？長公前日辭揆塗，少公今日被鋒車。路人共指拜内相，天子久欲登鴻儒。黄麻端擬似經訓，金蓮不獨榮傳呼。如聞書詔正填委，北轅疾驅公勿徐。

由建寧回三山道中重陽

月宿南斗窮何遣，爬沙脚手鈍可咍。一生冰清但糠粃，兩鬢雪白猶塵埃。達人疑劍未免按，夷途薦轂誰當推？公乎行矣斷國論，能忘料理忍窮枚。

征鞍初自富沙還，亂葉殷紅點碧山。客裏黄花驚度節，鏡中白髮巧摧顔。三休磴道惟頻嘆，一飯茅簷得暫閒。爲想成均新榜帖，阿奴才力勝黄間。

通判孫宗丞分餉温柑次馬撫幹《詠橘》韻作詩爲謝

珍果分柑不作疏，李衡千顆直堪奴。初嘗蔌蔌泉流齒，未摘青青香滿株。可是騷人憐楚樹，只應仙種自蓬壺。龍城當日親封殖，還有霜苞似此無？

園中口占

春鉏野凫疑水鄉，湖陰山色仍蒼蒼。西風三徑有佳致，朔雪横枝多暗香。長統遊戲自足樂，少游羸餘非所望。開林貼石興未已，瓜時逼人須趣裝。

聞交代將至喜而成篇

三年泮水冷無氈，羸得蕭蕭雪滿顛。晚景不妨供綵戲，他鄉安敢廢詩篇？賸將杯酒澆行色，速賃雙童擔近編。任是身歸落雁後，鄉心先抵磬湖邊。

府學職事置酒九仙以餞予行

玉友金朋三十三，攜尊相屬向晴嵐。含毫共賦黄初句，揮麈仍追正始談。再用清烟噴白澤，更霏香霧噀黄柑。俊遊勝事真堪畫，華髪飄蕭只自慚。

鉛山

三月春風暖更飄，滿山嫩緑正嬌嬈。幾聲勸我脱破袴，何處撩人婆餅焦。甘旨僅能供素髪，涓埃未有答皇朝。吾廬漸近亦堪喜，試把白醪傾緑瓢。

中秋終日霧雨予還自都下宿分水嶺夜漏約七八刻月出烏飯草薦山之東徘徊窗牖間欣然把酒對之因賦長句

烏飯山邊白玉團，瑞光千丈溢清寒。斜穿逆旅茅茨室，正照先生苜蓿盤。聊向青天思太白，却吟飛鵲憶曹瞞。今宵不擬逢明月，更向尊前仔細看。

重陽詠菊

年年自赴重陽約，不待陶家詩句催。便欲急呼歡伯賞，未知誰遣白衣來？紅萸有韻岳連湛，素蘂無香賜望回。何事杜陵嗔竹葉，却教從此不須開。

送伯壽兄之官上虞

平生藝苑筆同耕，兄弟須知似友生。三載方尋夜雨約，六旬又作越中行。舉杯不學銷魂别，側耳惟聽報政聲。從此西岡數登眺，白雲飛處總關情。時迎侍太孺人同行。

賢良馬叔度和周内翰送予倅越詩見貽次韻奉酬

一鳴一息幾千秋，風翼端宜汗漫遊。筆底珠璣誰得似，胸中雲夢復何求？談餘正始人加勝，詩比黄初語更遒。西笑定應參僁直，東遊聊復伴遨頭。

叔度賢良再用游字韻見貽復次韻謝之

夕郎分閫鎮東秋，幕下揮毫秦少游。一代風流今不泯，百年文物尚堪求。交情莫逆人誰似，吟事方殷歲又遒。他日約君爲伯仲，三間瓦屋住東頭。

次韻馬叔度再用前韻見寄

善奕從來數奕秋，勝遊今作子長遊。才多已覺懸河似，詩妙無勞入海求。畫月裁雲寧底巧，奔泉抉石一何遒。誰知傾蓋成膠漆，笑殺如新到白頭。

過嚴瀨寄陸守務觀

翰墨場中老伏波，揮毫快馬下晴坡。三年睿主思獻納，千里疲民賴撫摩。瀟灑郡齋方在望，飄摇征棹未能過。擬求墨妙輝衡宇，應有黄庭换白鵝。

齋宿凈明寺小飲易安齋口占

凈明齋宿近初庚，西蜀東吴一世英。行徑九盤山犖确，流泉百折玉琮琤。頻飛兕斝顔俱渥，細聽犀談座爲傾。觴詠直多幽興足，未應不飲似公榮。

挽縣尉陳元圭

平生自負氣雄豪，落筆文詞湧怒濤。蚤歲賢關幾雁塔，暮年花縣未牛刀。凛然風義誰能並，偉甚衣冠衆所高。我欲臨風新紼紼，忍於繪事看青袍。

香山集　卷十

七言律詩

題確山梵安寺

確山風物似齊山，誰着精藍亂石間？僧梵四時看紫翠，軒窗終日對孱顔。暫容借榻松風愜，更欲題詩蘚壁慳。老我還思十年事，飛來峰上曉躋攀。

鑑湖道中口占

軋軋籃輿鑑水濵，水紋如染草如茵。繁紅零落徐娘老，遠翠低徊西子顰。猶及殘春追勝賞，不妨餘事作詩人。胸中磊磈須澆洗，未厭傷多酒入唇。

次韻王龜齡謁大禹祠酌菲飲泉

不到稽山已十年，夢中物色故依然。憶尋絶境經幽寺，曾向東風酌妙泉。書穴雨餘雲撲地，鑑湖春盡水連天。别來喬木高多少，想見嬌鶯自在遷。

題東山謝安石故居

江邊瀟灑東山寺，知是曾經謝傅遊。一代英姿餘信史，千年陳迹付東流。暮雲初致蒼生恨，遠翠如凝妓女愁。好古嗟予生苦晚，停橈明月滿滄洲。

既遊東山乘月登舟至曹娥江

虞江波上一帆風，天水澄明夜色空。古體詩成巖影裏，新醅酒酌月明中。咿啞兩槳止還作，欸乃數聲西復東。塵滓此時無一點，恍疑身在水晶宮。

題歸宗寺

寺因逸少曾爲宅，峰自秦皇已得名。不獨山南稱最古，故應江左號尤清。路趨絳闕山梁險，奩隱金輪石鏡明。誰信塵埃倦遊客，西風還許杖藜行。

次陸務觀韻題姚復之秀才適齋

姚子神情處處便，牀頭《周易》杖頭錢。逢僧與語閒終日，遣客歸休醉欲眠。應覺此生如寄耳，何妨一室且蕭然？無心更覓封侯事，納履誰能博一編？

追和陳子高贈王法曹韻

肯學少陵對馬軍，肯同太白謝汪倫。聊將文字飲一琖，不待月影成三人。門前車馬鬧遲日，陌上綺羅嬌暮春。想見流觴多樂事，酒酣人問斗升嗔。

喜待制王丈歸自夔門

三年遥望瞿塘峽，獨立西風首重回。一騎翩翩飛詔去，片帆渺渺下江來。平生不願侯萬户，今日重欣酒一杯。聞道日邊催覲速，不須歸路更徘徊。

次韻林參議小雪快晴

着地晶瑩月在沙，忍寒聊作短歌誇。煖肌未辦裁駝褐，露趾唯應有革鞾。細點竹梢添爽灑，偶經梅蘂映横斜。何當既積還消後，剩取清泠試葉嘉。

大雪

山陰境中寒雪飛，山川明秀見應稀。嚴威不貸乘興棹，餘彩併入繙書帷。黄竹應歌姬滿曲，素花又舞謝莊衣。東郊薪者寒到骨，縱有狐裘那忍披？

送王共父

西蜀東吴萬里程，偶然相值兩浮萍。黑頭君已登三館，白髮吾方醉六經。夜幌論文燈耿耿，春堤把袖草青青。艅艎小别須回棹，不用陽關腸斷聽。

沿檄舟行出五雲關

畫舫朱簾出曉關，便風飛過幾重灣。路經僧舍漁村畔，身在烟霏霧靄間。驚浪沸晴輪遠浦，亂雲拖粉露崇山。偶因王事從心賞，詩語匆匆不暇删。

挽周判院

昔年臚唱下彤墀，名壓人頭似牧之。風動鱣堂昭武日，化行雉徑敬亭時。曾無簪筆朝端用，何以修文地下爲？我老不堪供執紼，獨將雙淚逗瑶巵。

次韻林明府何主簿唱酬之什

向來十載願識韓，一日下車許追攀。美句已出黄初右，清談尚餘正始間。煩公筆底瀾翻水，洗我胸中磊魂山。更挽何郎入詩社，三人俱有綵衣斑。

林明府攜所和詩見過次韻奉酬

退之初過玉川家，春徑無泥草帶沙。幾點飛來溪柳絮，一番開盡海棠花。窗間細雨青衫濕，袖裏新詩醉墨斜。客散酒闌還掩户，可堪明月滿天涯。

帥參宴客於蓬萊閣林參議有詩次韻呈府公

久以嘉謀贊邇英，暫分東澍慰蒼生。閒攜僚吏揮金醆，更遣娉婷吹玉笙。霖雨千巇垂欲作，孤舟野水未妨横。匪因衮繡歸黄閣，還念知章在四明。

次韻王待制劉侍郎倡和

衮衣猶未趣東歸，吴會先傳蜀道詩。急峽高江追子美，清風明月笑嚴維。花圍白帝行春日，香藹黄堂坐嘯時。顧我迂疏堪底用，强顔薪粟效支離。

次韻林致甫參議西園宴集

西園瀟灑似蓬丘，容我追隨飛蓋遊。一一娉婷供笑語，雙雙瀏鵜對沉浮。嵁巇窈窕如天造，洞壑清泠與目謀。欲識清歡兼卜夜，東山月色足淹留。

讀林公懿誠《竹軒集》次韻卷首一篇

南渡詩流復數誰，爲虞作樂只聞夔。細看出脇穿心句，想見裁雲畫月時。此集自應傳異域，吾生還恨不同期。先唐作者誰堪並，奴僕微之輩牧之。

次韻林參議七月七日見示新作

曉雨初過溽暑收，微雲澹月作新秋。清風政對三休閣，絶景還思八詠樓。緱嶺當年乘白鶴，銀河此夕渡癡牛。壽觴一舉烘堂樂，浄洗胸中萬斛愁。

次韻奉酬林明府《詠梅》

政足廉平詩更佳，鐵腸還解賦梅花。律傳和靖未多葉，名接水曹今幾家。丹粉詎須煩巧妙，清新止爲寫横斜。擬攜卷軸江東去，乞與詩仙作意誇。時龜齡王丈在番陽。

偶成

寓居東青城北端，夏室陰陰簟色寒。瓜盤那復集蠅蚋，研沼似欲生波瀾。奇奇怪怪石幾壑，謖謖蒼蒼竹數竿。枕扇衣斑自不惡，時文思索媿空餐。時文思索，允臻其極，匠院之名，蓋取諸此。

裴園小集鄭汝諧同年有詩次韻奉酬

慈恩雁塔題名處，回首端如夢寐中。千里遠從當日別，一樽重喜此時同。飛騰我久欽公輩，潦倒君當恕此翁。異日尚期塵史册，事功那敢廢磨礲。

次韻宇文舍人見貽之作

不見諸公今二年，重來青眼尚依然。偃松篇美天猶和，正殿班清人孰先？今日赤墀煩暫立，他年黄閣徑須還。白頭賔客無聊甚，只待吹噓送上天。

張使君生辰

緑茸紅糝細團枝，天上麒麟瑞此時。風度冕旒嘗見問，威名草木自應知。當年玉燕生燕國，他日金貂侍漢墀。再拜祝公何所似，勝遊長與赤松期。

讀《初寮集》呈王宗丞

《初寮》文律冠中京，晚歲深嚴三折肱。清處月中仍聚雪，高時風裏政摶鵬。家聲不墜推王粲，句法能傳有杜陵。剩作詩文追漢魏，非公誰不鬬溪藤？

記六月二十日湖上所見

羽客相攜六一泉，炎歊立變曉凉天。陳朝古檜參天瘦，和靖孤墳傍竹偏。却向蘇堤剥新芡，更尋蕭寺聽寒蟬。長吟小醉歸來晚，足底清風似欲仙。

六月晦日同樓少府由錢塘門至上竺遂遊下中竺憩冷泉亭塗中記所歷

聯輿緩步踏葱蒼，十里荷香雜稻香。庚暑此時無一點，秋風明月灑長廊。林間巖洞侵衣潤，水際亭臺徹骨涼。何處山泉落簷溜，恍疑飛雨曉浪浪。

次韻范伯廉機宜病起見寄

夫君自是穎囊錐，何事翻爲滄海遺？造化小兒聊戲劇，山林大藥豈無資？得閒因病還應樂，信手揮毫却有詩。休歎銀盃成羽化，會須拔劍撥年衰。來詩序引有「盡貨酒器以辦行計」語。

中秋示仲文弟近指揮中秋依重陽例作假一日

古來佳節是中秋，今比重陽許燕遊。已覺冰輪無限好，不須玉斧更重修。三飛鷩鵲紛無定，一點閒雲浄不留。况有阿連同綵戲，何妨呼酒互相酬。

次韻王宫教見貽之什

家住濤江東復東，渺然雲浪接晴空。半生仕路崎嶇裏，十畝家山杳靄中。來往未成三徑樂，笑談還喜一樽同。强將俚語賡妍倡，曹鄶端慚齒衛風。

長至憶天衣舊遊寄王狀元

去年連轡到朝陽，紅日初添一線長。八俊偶同人已羨，四難俱得計真良。澆腸竹葉驚深碧，插鬢梅花咤淺黃。是日迴時，馬上簪臘梅。回首只今深似夢，雲山烟水正相望。

次韻奉酬黄泰之狀元見寄

千佛經中第一人，明光前殿奏雄文。論心詎止稱三益，識面端能勝百聞。疇昔清談如扣玉，只今佳句欲凌雲。高情已出蘇州右，未用清香掃地焚。

挽吴春卿舍人

出處平生似昔賢，高風勁節凜朝端。回天議論心無歉，脱腕文章世所難。斫鐵叫天蠻獠服，調羹滿鉢里閭歡。定應直筆書英躅，留與千秋後代看。

除夕

夜永燈明歲又除，依然坐冷乏氍毹。平生潦倒如中散，大半交遊今左符。未辨黄精除白髮，漸驚玉水點銀鬚。欲論舊事無人共，閒把香醪細細斟。

過東亭湖

籃輿詰旦過東亭，日出烟銷十里平。翠袖舞風菰葉舉，紅粧照水藕花生。恨無釣艇浮深碧，賴有吟毫賦曉晴。歸對老人誇勝賞，從今不數鑑湖清。

席上

奉常珍重末僚情，許以疏慵箧俊英。已辦初筵酬物色，更將餘事到詩盟。貪吟不惜揮貂筆，忍醉何妨酈兕觥？細踏芳菲過腴潤，桃蹊紅雨報新晴。

送陳給事帥四川

四海繁華一蜀都，君王謀帥意渠渠。百城赤子煩摩撫，一代長材獲展舒。玉壘倚空充屏翰，鐵衣如洗護儲胥。袴韡帕首郊迎處，想見旌麾入境初。

禮樂詩書一世英，碧油青鬢二難並。慣看詞翰流三峽，剩有精神驅五兵。暫向坤維聊鎮撫，却歸天闕致昇平。明年春水如天日，綵鷁乘風向帝京。

姜春坊以詩編見貽借題雪堂圖韻作詩爲謝

紅顔話别浦邊秋，白髮同爲帝里留。璧水庸庸參末坐，春坊犖犖冠名流。功名君且登麟閣，出處吾行具釣舟。餉我一編清似玉，五言端的繼蘇州。

李大著惠示詩卷次韻首篇爲謝獻之

辱贈春容卷軸新，懸知蚤歲擅詩聲。千林有韻霜風勁，一點無塵霽月清。細味班香兼宋艷，自慚白俗與元輕。欲哦惡語賡妍倡，一夜昏花對短檠。

史丞相生辰

姓名久已覆金甌，一品師臣德業優。黼扆尚詢黄髮舊，衮衣難伴赤松遊。松筠勁節高三事，桃李濃陰徧九州。蕭葉楊門端可繼，只今衮衮富公侯。

長才蚤立太平基，奥學曾爲帝者師。謀叶不貲同列斷，規存長許後人隨。金魚玉帶今誰似，橘緑橙黄景最宜。再拜祝公千萬壽，三江細酌入瑶巵。

洪右相生辰

鳳將南吕入簫聲，節近中秋協氣横。玉燕呈祥生碩德，金甌覆字佐昇平。望同北斗泰山重，操與秋霜烈日争。昨夜清臺占越分，中台星帶老人明。黄閣調元鬢未霜，秪應書考似汾陽。懇辭閶闔沙堤路，暫樂蓬萊燕寢香。茂烈未饒周叔虎，英詞寧謝漢班揚。會看繡衮重催起，快捲三江入壽觴。

次韻和宗郎中中秋不飲

暮烟收盡玉盤生，是處同欣此夜晴。雲斷三山凝紫翠，星稀萬里湛虚明。低臨朱箔千尋白，高並銀潢一派清。賴有綵衣堪醉舞，殘樽深夜更重傾。

挽司理奉議樓公

老爛爲儒山澤臞，半生辛苦就名譽。三千白髮身無事，一點青燈夜讀書。真率杯盤如洛會，崎嶇巖壑似陶廬。欲知老淚揮難盡，灑徧霜飈更濕裾。

挽周子及〔一〕

灑落孤標迥不群，胸羅星宿富多文。兩科擢第未爲貴，八事籌邊堪策勳。鯁亮諫辭端似賈，崎嶇宦路僅勝蕡。我慚不執雲溪紼，空望雲溪溪上雲。

〔一〕此詩原在卷十一《王母口號》處，今據鈔本移置此。

香山集　卷十一

七言律詩

次馬撫幹韻贈黄泰之狀元

褎然射策向明光，紫禁春深日正長。風細御爐烟冉冉，天晴宫柳絮茫茫。玉階親奉唐虞問，綵筆濃薰班馬香。千佛經中名第一，鴻文端不數《長楊》。

次韻王侍御題詩史堂

欲識當年泣鬼神，詩皆絹婦與虀辛。洗空千古無凡馬，稱到於今有幾人？肯與齊梁充後乘，只應蘇李是前身。豐碑更著最佳處，傳示宜過一萬春。

十月二十三日攜家遊裴園

笋輿趁曉踏銅駝，休暇仍逢景色和。閒挈壺觴遊翠靄，盡呼兒女看滄波。茫茫烟渚群鷗下，隱隱晴虹短棹過。最是小春奇絶處，梅花破蕚未全多。

謝中書施舍人宴集

紫微高義篤同年，邃宇開筵近臘寒。緑醆醅濃粘玉琖，紫駝峰美照金盤。醺酣上頰生春意，文字清談卜夜闌。更辱盤飧餽黄髮，顧慚珍報乏琅玕。

試諸生直廬書事

長日初隨綵線還，陰陰簾幕曲欄干。白袍三百近洙泗，青桂兩株如廣寒。下筆萬蠶爭食葉，爲文三峽瀉驚湍。誰知潦倒真無補，不媿無氈媿素餐。

安撫大資李參政生辰十二月十四日

仙李盤根幾百秋，我公勳業比伊周。推恩已解宏元化，戢患猶能庇七州。不日定爲黄閣老，他年應伴赤松遊。三江願得渾爲酒，壽斝年年給獻酬。

崧嶽生申占臘前，預將和氣作春妍。蟠桃結實三千歲，蓮葉成巢幾百年。聊向蓬萊開燕寢，即紆衮繡畫淩烟。貞觀功臣皆生畫像凌烟閣。只應便是神仙事，方丈瀛洲却未然。

次韻宋嗣宗梅花

野外江頭一樹垂，正當霜後臘前時。清如弘景松臨閣，韻似淵明菊映籬。鐵石廣平曾作賦，風流水部亦哦詩。却愁折向粧臺下，莫遣佳人取次知。

洗盡紅粧見玉顔，一年相别此時看。房陵粉水休争白，姑射冰肌巧耐寒。自愛一枝横竹外，未須千樹繞江干。東風也是相欺得，已作和羹一點酸。

次韻謝察院田寺丞倡酬之作

兩翁辭采偶同時，春草還應夢謝池。出月穿天端有意，掀雷抶電豈無期？推門不作孤吟苦，擊鉢猶嫌得句遲。顧我無才難入社，焚香時許誦清詩。

平湖

平湖瀲瀲浸葱蒼，畫出風烟十畝强。蜜曲六從霜後熟，玉芙蓉向露中芳。新開石洞連松碧，低結萸房映菊黄。最愛隄邊秦地柳，一回春到一回長。

思歸

五載懷歸不得歸，故園想像每依依。蠶生村落桑黄長，麥熟田家稚子肥。谷鳥緩歌金縷曲，籜龍渾著老萊衣。一篇未就張衡賦，漫向成均詠《式微》。

王母口號〔一〕

家住蓬瀛縹緲間，聊同仙子下塵寰。巍巍遥望黄金闕，濟濟如臨玉笋班。喜見衆星尊北極，願將萬壽等南山。年年趁得蕤賓月，再拜天威咫尺顔。

〔一〕此處原爲《挽周子及》詩，兹據鈔本移入。

顯謨左司周公元吉將漕湖北一時名流賦詩餞行予與左司同出於詹事周公之門爲同門同居班列二年爲同朝同考類試於貢闈爲同寮三者既同契好彌篤於其行也作長句以送之

微雲疏雨凉新秋，皇皇玉節摻不留。夫君不憚原隰險，聖主坐寬宵旰憂。巴音聊復祖行色，楚水恨不尾仙舟。籍籍預傳新漕輓，汗青未數富民侯。

黄泰之郎中以潮陽詩見貽次韻一篇奉酬

千里潮陽喜政成，五年重會帝王城。尺書不寄頭俱白，一笑相逢意已傾。輝采共看新列宿，風流猶記古州瀛。詩編總是驚人語，怪得年來太瘦生。

贈樓尉

誰識尊前戲綵身，鬢髯如棘鬢如銀。久爲朝士空餐甚，又見秋聲滿耳新。元亮秖思三逕樂，子雲何事九衢塵？襟期蘭契如君少，未可匆匆動去輪。

挽提宮知丞周公

妙齡馳譽滿東吴，落筆驊騮走坦途。四十年來鳴道學，一千人内最群儒。甲子鄉舉用經術，以書義試者千餘人，公爲之最。二松不負經綸志，三逕真成隱遯娱。老我與君端莫逆，遺文時閱漫長吁。

送曾大卿將漕江東

公去何嘗負二宜，要持玉節瑞明時。江畿列郡皆争睹，臺閣名流總賦詩。鵰鶚暫爲雲外舉，鳳凰終集上林枝。近臣侍從多虚位，會見回帆春色隨。

悼吴居厚

學問從來著月評，慈恩何事欠題名？賢哉難老堂雖就，惜也陳情表未成。疇昔幾回同把酒，於今一涕獨霑纓。張公當日稱操履，江漢傷心晝夜傾。

由之流溪回亭午苦熱小憩牧馬寺

長途畏日欲流金，聊向招提覓快襟。翠合苔痕人寂寂，凉生柏影院深深。苦無俗物敗佳思，况有寒泉醒客心。一餉清風寄蘄竹，又飛征蓋指城陰。

九日偕成均同官北山登高二首〔一〕

輕霞朝日雨微茫，沙路騣騣十里强。照水有情楓葉赤，倚崖無數菊花黄。興酣争舉凌雲筆，醉熟重浮灧海觴。明日蝶愁人亦懶，未須歸去苦匆忙。

之官括蒼道出涵碧因題四韻以繼賔客劉公之後塵云

平生性僻耽山水，不願加封萬户侯。但得雙魚長到眼，未須萬壑更争流。只今奇絶齊三洞，自昔流傳徧九州。記得當年小盤礴，坐令炎赫變清秋。

〔一〕此處詩題作「二首」，然詩僅一首，不知何故。續叢書本删「二首」二字。

再遊東陽

十年不到還重來，往事一夢真悠哉。尋幽已訪涵碧寺，乘興欲上吴寧臺。蒼松怪石雖飽覽，黄錮拒霜猶未開。白雲西來入我念，又馭兩腋清風廻。

松峭山傍偃松昔嘗過之爲賦長句今三十有六年矣復至其下慨然有感因次韻

人日肩輿度曉峰，長松偃蹇倚晴空。幾年不見根如鐵，老境重來鬢似蓬。獨樹未須誇老杜，五楸那復論韓公？青幢翠蓋貌難似，想見霏霏烟雨濛。

遊下巖過松峭祠傍偃松又賦長句

誰將秋色替雲峰，萬里炎歊一洗空。細雨復青池上草，西風頓白鬢邊蓬。聊同吾黨二三子，來訪山中十八公。更擬夜深乘月到，要看香霧共冥濛。

州宅

古栝提封接日畿，專城皓首有光輝。全家飽煖君恩重，屬邑豐登公事稀。一簇樓臺居洞府，四時風景對屏幃。多慚郎省無裨補，丐外猶能占翠微。

次韻奉酬王給事見貽之什

誰知州宅似精廬，山繞簷楹水繞除。堂静惠風長細細，樓高烟雨又疏疏。貧如坡老工餐菊，性似邊韶懶讀書。賴有嵩山王給事，作詩貽贈問何如。

簽廳落成爲賦長句

幕中英俊許誰先，一一驊騮擬着鞭。老我漫誇森畫戟，夫君端稱泛紅蓮。鳩工已見成輪奐，載酒何妨醉聖賢。聞道公餘多暇隙，定持椽筆籥雲烟。

對廳口號

歡聲喜氣溢黄堂，解愠風清化日長。簪紱盡傾千里目，冕旒遥祝萬年觴。韻敲碧玉檀欒嫩，色鬭紅粧菡萏香。共慶麗恩新浹洽，聖君文母壽無疆。

十一月十日同幕府諸公遊郡圃葉撫屬得梅花一枝馬撫屬有詩因次韻

横枝十月要清詩，南國今年爾許遲。夢繞故山千疊疊，眼看新萼一枝枝。欲知影瘦香微處，未稱天寒日暮時。却憶玉溪當日樹，淺霜深雪總相宜。

次韻木藴之狀元《義烏道中》一首

奔走塵埃老未休，每思上下兩巖稠。義烏有上稠巖、下稠巖。關心簿領三書考，回首家山兩换秋。揞腹自憐鷦鷃小，江湖誰計雁凫留？又遮西日長安去，慚媿平生馬少游。

送黄機宜叔愚歸省四明

灑落孤標第一流，笑談傾座氣横秋。聊參機密東州幕，曾與風流玉局遊。黄自言及見東坡。聽雨忽驚形夢寐，臨風那肯更遲留？橘堂想像多佳致，恨不追參李郭舟。聽雨、橘隱，公軒堂名。

愛山

公子漫誇金谷富，先生秖愛玉川貧。山中矯矯七君子，堂上皤皤四老人。時引壺觴聊自醉，肯教鵝鴨惱比隣。深紅淺白兼穠紫，看取林園十畝春。

彦禮知丞上巳過訪流觴於愛山之曲水

年來曲水競流觴，元巳夫君訪草堂。波撼石麟杯斝亂，風翻花片笑談香。哦松適意清篇富，閉户端憂白日長。更約來年春好處，重來相與醉滄浪。

次王待制維舟弄水亭韻

萬里浮江更絶湖，扁舟東入霅川圖。莫言舊菊荒三徑，須信中流待一壺。今日詩筒煩遠寄，昔年樽酒記相呼。待制昔嘗惠詩云「樽酒相呼恨不多」。立朝大節人能説，月在清天影自孤。

三月二十四再到永祐陵

扁舟投曉出重城，春浪初肥緑滿汀。竹裏幾聲泥滑滑，河邊十里草青青。人家艾葉驚飛燕，水面楊花點翠萍。漸近昭陵佳氣集，五雲松柏喜重經。

己酉中秋

磬湖秋半溢清波，一歲月明今夕多。剩辦新詩娱老境，滿傾太白醉冰娥。一天風露寒衣袂，舉室兒童雜笑歌。不是鈷潭奇絶處，未妨丁夜更娑婆。

盆池

小鑿方池供醉吟，纔添斗水浪偏深。瑩心未數寒泉井，明目何須寸碧岑。樹影落時清浸玉，魚鱗動處細浮金。年來點檢曾經汲，唯有澆花趁日陰。

中秋愛山翫月

年年秋半在長安，今夕園林且盡歡。一笑團欒人似月，十分瀲灧酒生瀾。偏簪丹桂香巾袂，盡吸清輝澡肺肝。飲罷月斜吟興動，揮毫風露一天寒。

次韻何茂恭重陽前一日見過

西風籬落興悠然，秋影横江雁貼天。短髮未成吹帽飲，高吟先贈把茱篇。黄花一笑小重九，青眼相看又四年。欲試烟波釣竿手，南湖同上月明船。

礐湖之側累拳石爲山巖谷幽邃有巫廬台雪之趣因成短篇

背湖臨檻碧崔嵬，萬壑千巖咫尺開。坐覺巫峰天際落，忽驚廬阜眼中來。地偏未害心還遠，潭小何妨水自回？竟日相看兩不厭，老夫真箇似童孩。

次韻奉酬參議林郎中見貽之作

紫宸疇昔幸同朝，去國俄驚數舍遥。輕細難沾時服賜，氤氳正想御香飄。年加賴有斑衣戲，心静真同桂隱招。龍瑞此時探禹穴，天津何日渡京橋？

自題木假山

根幹輪囷蔽馬牛，何年飄泊寄滄洲。幽巖邃壑漁罾得，百巧千奇雲浪鎪。好唤老泉來作記，肯將居士與同遊。畢宏韋偃丹青妙，畫得天然意緒不？

次韻奉酬茂恭送茉莉重臺白蓮

異暑歊然金欲流，縞裙練帨兩宜秋。笑他山谷誇黃鈿，欲學令狐賦白樓。粉筆有心争試巧，紅粧無面可障羞。明來自足映茅屋，况有詩輕萬户侯。

亦好園海棠秋開紅英滿樹

微雲濇日映寒流，畫出西園一幅秋。白帝幻成紅玉蘂，金風吹綻碧枝頭。睡餘艷艷真妃子，夢罷愔愔一解愁。熟賞細看須着句，爲君重賦紫綿揉。後蜀潘炕有美妾解愁，其母夢吞海棠花蘂而生，頗有國色。

次韻張持荷桂花

別駕風流繼竹林，名園幽榭水雲深。勻鋪葉底森森碧，細糝枝頭粟粟金。酒酌香浮杯面蟻，詩成霜灑月中砧。清芬冉冉仍多韻，不比晴窗一穗沉。

庚戌中秋病起言懷

病來十日不飲酒，起對中秋良可人。銀漢迢迢清未了，金波瀲瀲浄無塵。艷歌未暇成三疊，美醞何妨釂十分？記得昔年當此景，厭厭夜飲在成均。乙巳中秋芳潤軒翫月飲酒甚適。

九日亦好園小集

疏雨蕭蕭巖桂香，西風驅冷作重陽。池塘秋草還争緑，籬落寒花未肯黄。又是一年新度節，何妨九客共飛觴。園亭低小殽蔬陋，不比龍山吟帽狂。

雪

密雪乘風逞素肌，穿窗透隙入簾幃。漫空隱隱瓊瑰屑，亂眼紛紛鷗鷺飛。三客新成梁苑賦，六花又舞謝莊衣。回思拜表明光罷，攜得香烟滿袖歸。

長風永夜攪青冥，曉起寒光亂眼凝。回旋舞空端入畫，飄蕭着水自成冰。松篁被練三千士，岡阜瑶臺十二層。茅舍倍添薪火費，只因無事讀書燈。

題淵明祠堂案：此詩以下二首據《南宋名賢小集》增入

宅邊雖有五柳樹，歸去已荒三徑園。平生胸中羞五斗，偶爾城市羨華軒。盈樽濁酒自可漉，得趣古琴那用絃？欲知耿耿忠憤意，甲子斷自永初年。

輦下言懷

馬蹄重踏帝京塵，七載江湖飽問津。白髮有人疑甲子，清齋無日不庚申。不才詎敢誣明主，厚禄那能羡故人？乞得泮宫閩粤去，未妨閒處着吾身。

香山集　卷十二

五言排律

桐汭

東汭波吞岸，西桐水見沙。祠山千古盛，州宅四時嘉。前直三峰峻，旁連大洞呀。黄南清港曲，織女小橋斜。野店籬爲户，春山繭作花。烏羊難入饌，青菓頗宜茶。土人謂猪爲烏羊，橄欖爲青菓。綳錦饒新筍，槍旗富嫩芽。靈山古佛地，丹井列仙家。鐵冶名猶壯，金牛跡尚窪。滞留三載久，詩板滿煙霞。

試院中秋效諸進士作月湧大江流

團月臨清夜，平分一半秋。輪侵斜漢迥，色湧大江流。皎皎驚飛鵲，亭亭喘卧牛。一川寒練静，十頃素光浮。碎彩通袁渚，餘輝謝庾樓。翻思杜陵老，岸草泊檣舟。

由上饒之貴溪舟中書事

日月三秋杪，江山萬象殊。小舟浮艑艋，廣信出闉闍。是日由廣信門登舟。草木關詩律，雲煙入畫圖。水清沙可數，景好句難摹。汀際寒鳴雁，檣端晚噪烏〔一〕。樵村人語静，商櫂夜燈孤。冷水尋宵泊，焦灘就曉餔。冷水、焦石，皆灘名。霧銷分浦溆，風

〔一〕「檣」，鈔本作「橋」。

定少帆蒲。愛日生篷背，奇峰湧坐隅。芙蓉多落蔕，楊柳有枯株。楓葉紅綃翦，蘆花白雪鋪。翩翩兩行鷺，泛泛一雙鳧。斷岸幾千尺，誅茅間一區。䳺巖清港急，龍瀨碧濤麤。䳺䳺巖、黄龍灘。斷巳憑三老，那能貴一壺？酒壚勞問訊，漁艇費招呼。鮮鯽還堪買，香醪亦任沽。不妨成酩酊，聊復免馳驅。汭口真蕭鎮，錢倉豈舊爐。錢倉，巖名。蘩篁驚外裹，怪石覺中刳。漸喜三吴近，寧辭十里紆。三吴，廟名。波平如瀉鏡，罡密似連珠。連珠，灘名。嘯詠知誰和，欹眠只自娱。市聲喧弋邑，山雨鬧蓮湖。弋陽有蓮湖灘。擬傍桃花宿，桃花臺有小寺。容繙貝葉無？烏棲方艤檝，鯨吼又乘桴。野菊新收艷，官梅未吐鬚。貴溪端爽灑，賤子小踟躕。王事三旬外，舟程六驛逾。八月二十八日離番陽，十月二日回至貴溪，蓋三十五日舟行，凡三百六十里也。更判弦月上，應得綵衣趨。

爲柴懷叔殿院題世綵堂

慶積門闌久，祥鍾家世醲。乘驄驚創見，戲綵覺重逢。鮐耋頻三喜，孫曾見八龍。年齡開九秩，孫子享千鍾。奕葉今榮耀，蟬聯舊素封。家風追萬石，眉壽擬三松。畫棟侵銀漢，平池浸碧峰。同心木芍藥，並蔕水芙蓉。委曲顔常悦，騫騰色愈恭。會須陶謝手，覓句細形容。

題東林寺

江湖大蘭若，廬阜一東林。砌遶琮琤水，門羅翠碧岑。煙雲千古色，松檜四時陰。岸幘銷塵慮，憑欄浄客心。殿成神運力，泉出虎跑音。溪在思元亮，堂荒憶醉吟。圖傳三笑粲，閣擁五杉森。貝葉應難訪，經臺已莫尋。僧袈何代朽，佛影幾時沉？晉輦黄埃久，殷碑蒼蘚深。不妨閒弔古，誰復爲沾襟？香火惟蓮社，傳流直至今。

送參議李器之

人間今北海，天上謫仙人。雄論堪醫國，新詩可泣神。摇毫雲落紙，揮麈坐生春。芸閣登吟慣，綾衾入直頻。三千辭故里，二載宦全閩。婉畫裨南閫〔一〕，英名動北辰。惠風吹別思，細草碾征輪。行矣躋華要，聲猷日日新。

釋奠禮成上安撫大觀文十四韻

鉅宋中興日，全閩極治年。保釐須碩德，鎮撫賴真賢。燕寢何曾逸，儒宫最所先。上丁將蕆事，仲月乃修虔。鍘鼎參罍洗，犧尊間豆籩。低昂袞繡服，拜起冕旒前。庭燎明如晝，爐薫滃似煙。𩙪風人引領，觀禮士塡咽。闔郡讙聲沸，熙朝盛事傳。僖公甘避路，常相敢差肩。宜有新詩播，庸昭美化宣。陋儒何幸會，典禮獲周旋。南紀非工部，子美《題衡山文宣王廟》：「南紀收波瀾，西河共風味。」中和豈子淵？〔二〕斐然形頌述，深媿采芹篇。

〔一〕「婉」，鈔本、續叢書本作「妙」。
〔二〕「和」，鈔本作「秋」。

夜宿浮石山崇福寺上方題壁

窈窕尋支徑，縈紆度密林。岸回溪更駛，峰轉塢逾深。僧梵雲邊寺，鐘魚竹裏音。解鞍生妙興，倚檻淨煩襟。永夜涼飈動，初秋爽氣侵。巖空寒溜滴，壁靜候蟲吟。香篆窺孤宿，燈花伴獨斟。不諳塵外趣，誰識此時心？

湖上用王茂材同年韻

木落長空淨，秋深爽氣多。澮煙浮遠樹，晶日泊平莪。小艇浮深碧，孤筇曳慢坡。菊花簪雪鬢，桑落瀲金荷。妙興追潘岳，清遊軼永和。何當命菱角，唱我醉時歌。

過分水嶺初出建寧界

辛卯踰閩嶠，淳熙出建關。瀰漫第五渡，自崇安至楊家莊，有第一至第五渡。險絶百重山。近夏凉風發，新晴麗景還。翠烟飛縹緲，好鳥語綿蠻。密樹青羅幄，連峰碧玉環。野英紛爛爛，巖溜碎潺潺。小艇横清泚，飛橋截碧灣。機春流水激，架𠂆石崖慳。紫筍和泥采，青梅帶葉攀。未能供旨味〔一〕，聊得悦慈顔。取醉三盃適，欹眠一餉閒。自憐霜鬢白，人羡綵衣斑。物色揮毫裏，家山隱几間。狂歌聊爾耳，同志儻吾删。

送江充之郎中知温州

巖廊拱神聖，岳牧用才良。委寄晉藩鎮，飛騰漢省郎。縑推非矯激，綿蕝豈尋常？花粲揮毫玉，風生漱齒霜。兒童騎截竹，父老候甘棠。五馬晴薰細，雙旌曉月凉。清香凝燕寢，春草夢池塘。乳哺蘇民瘼，生薪束吏行。謝樓山色浄，孤嶼海天長。信美毋多戀，遄歸覲建章。

〔一〕「旨」，鈔本作「百」。

送趙達明太社知江州

天上佳公子，人間少吏師。文華紳笏服，名字冕旒知。剸决監州日，春容栗社時。未成持從橐，聊復把州麾。京邑期蒙福，溢城望寵綏。朱轓臨境土，竹馬走童兒。去獸同均輩，蠲逋繼濬之。政成遄入覲，獻納日論思。李渤，字濬之，爲九江守，奏放逃逋四千餘貫。

東宫生辰

寶曆天重啓，皇圖日寖昌。九重資燕翼，萬國仰元良。玉律秋初杪，金飈歲正穰。前星輝采盛，少海慶源長。甲觀祥煙滃，春宫協氣翔。千秋佳節勝，四莢瑞蓂芳。瓜棗欣初獻，蟠桃慶乍嘗。庭羅六佾舞，天薦九霞觴。銀榜彌生耀，銅扉粲有光。讙聲連紫極，喜氣溢穹蒼。冊錫雕珉焕，旗頒青輅揚。衣惟珍黻冕，音不嗜宫商。問寢同周發，隆師過漢莊。猷爲規禹啓，翰墨掩鍾王。化被賓詹屬，恩沾左右坊。善三今獨冠，明兩古難方。陸贄言猶采，宣尼訓敢忘。本支綿百世，羽翼貳巖廊。宿忝宫僚舊，曾霑兑澤滂。願斟滄海酒，歲祝壽無疆。

留别王狀元二十四韻

才大文章伯，忠純社稷臣。七州鍾秀異，孤嶼賦精神。德藴圭璋潤，胸涵海嶽春。麟經頻得雋，槐市早稱珍。宿弊時方革，皇綱上正親。大廷清問降，空臆讜言陳。力補嚴宸衮，深攖睿主鱗。一元追董相，多詐恥平津。文擅無雙價，臚傳第一人。聲華飛宇宙，風采聳簪紳。貴紙寧堪數，回天僅足倫。施行均令甲，奬諭見絲綸。未覆金甌墨，聊爲緑水賓。愛民如赤子，束吏似生薪。鑑水書題徧，稽山賦詠頻。却梅清節著，見幕府《清風不受梅詩》。誣狗滯冤伸。見《論魯六傷犬劄子》。賤子嗟何幸，同年蓋宿因。糟糠聊攝局，山水獲聯茵。醇酎容霑醉，新詩許效顰。獨蒙青眼舊，端異白頭新。酬倡幾千首，從遊殆十旬。笑談將契濶，肝膽政輪囷。帝夢方思說，天民竚起莘。不才雖苦窳，終始願陶鈞。

六言詩

亦好園群花盛開戲成

小圃初乾曉雨，雜花争試新粧。揉色似觀濯錦，吹香如過河陽。

三歲無諸國裏，青春不是花時。今日小園春半，百般紅紫芳菲。福唐桃李臘中皆開，紫笑、茉莉五月始盛。

題李通判《斷橋圖》

平生心地夷坦，一旦足跟嶮巇。不是籃輿安穩，只應神物護持。

橋上筍輿岌岌，橋下浪波沄沄。但覺往來無惱，不知觀者傷神。

書趙德莊詞後

老眼看書成霧，介菴墨妙金篦。波底斜陽紅濕，絶勝彩筆新題。

訪何茂恭於南湖作三絶句

十里相望烟樹，旬月不絶籃輿。漱石枕流戲綵，浮家泛宅南湖。

南湖緑髪居士，恰少磬湖八年。掀雷抉電傑句，出月穿天大篇。

啼飢妻子眼底，厚禄故人日邊。一錢不直誰念，五十無聞自憐。

茂恭見和再用前韻奉酬

朗朗百間羊肸，森森千丈長輿。一身宜着臺閣，半生流落江湖。
憶昔永新番水，俱吏江左三年。不作載苡馬援，聊爲留犢苗篇。
少陵時時醉裹，子山日日愁邊。白髮新來滿鏡，故人萬一能憐。

謦湖居士得片石於斗坡山其長五尺其廣一尺有咫聳拔孤秀縝密温潤絶不類此間石疑自他山飛來因目之曰飛來石

六丁驅石日本，墮落斗坡山中。一片蒼珪紫玉，幾回秋雨春風。
不假鐫鑱刻削，自然巧妙嵌空。居士置之朝爽，是謂飛來小峰。

五言絶句

題齊山翠微亭

山深雲氣多，撥雲尋徑入。但覺襟袖寒，不知濃翠濕。

賦竹

冥搜高出月，幽思渺裁雲。擬遣窮愁去，那能無此君？

海棠塢

晴塢夕陽媚，煖梢春意留。詎須吞絳蘂，方解解人愁。

七峰亭獨坐

嶼岫新亭好，悠然見七峰。憑欄吟不盡，春色與秋容。

水樂洞

近聽千絲急，遥聞一磬清。恐傷詩肺腑，不作斷腸聲。

曲水

不是山陰畫，清流曲更方。欲知三面景，絶勝九回腸。

方池

四角朱弦直，雙橋小霓欹。寒星夜稀密，冷浸一枰碁。

弄月亭

掬水弄漣漪，清輝碎更隨。人間無太白，欲捉可憑誰？

紫君林

此君仍佩紫，直節自來孤。欲倩文夫子，招邀入畫圖。

小山

峰秀因拳石，溪清見髮魚。陶隱居注《本草》云：鮋魚是人髮所化。毫釐辨喬梓，咫尺有匡廬。

石洞

此秘昔未覩，斲雲今始開。蒼松臨怪石，宜號小飛來。

竹巖

怪石誰雕斲，蒼蘿翠木斜。幽巖畫屏倚，却憶柳州誇。

石塘

野色知何處，松邊竹外塘。雨餘紅菡浄，風起白蘋香。

飲茶

清風生兩腋，雪乳啜雲團。便擬乘風去，翻嫌縛小官。

懷東嘉先生因誦老坡今誰主文字公合把旌旄作十小詩奉寄

文章無正體，源浚流乃深。能者主宰之，古來非獨今。

大雅久不作，淳風日澆漓。挽回既狂瀾，此道非公誰？

三賦成會稽，四集始東楚。一洗凡馬空，斯文有宗主。

對策婉而切，奏疏忠且純。風行水自波，至哉天下文。
退之在元和，昌言主文字。揚鑣踵芳塵，公乎得無意。
作詩必坡老，作文必歐公。欲知鳴道心，端與二公同。
直道蓋中朝，雄名横六合。吾道其非邪，胡爲未舟楫。
三讓始循墻，一麾嘗屢把。夔門德政碑，深鑱仍大寫。
不見我公久，摇摇動心旌。敢以一瓣香，爲公罄精誠。
蘇公亦有言，公合把旌旄。庶使湛輩名，亦與峴山高。

曝書

秋陽千里曬，聊復曝吾書。自笑年來事，昏眸眩魯魚。

池邊樹

磔索池邊樹，疏花照淺清。雖無却月觀，且有一枝横。

汲水

山泉盈石坎，抱甕每相從。不敢傷蝌蚪，疑能化小龍。

賞月

雲盡天容静，冰輪故故圓。廣寒宫闕裏，今夕是何年？

弈棊

睡餘無俗役，信手一枰間。勝負何須較，神情政欲閒。

掃室

凝塵晝滿室，燕處亦超然。掃罷掩關卧，從嘲邊孝先。

澆花

花木蒙霑潤，根堅枝亦驕。懸知如舌本，端藉酒盃澆。

採菊

采采黃金蘂，盈盈白玉觴。露蘭何足飲，自覺肺肝香。

策杖

田園依峻嶺，牽興每須登。却得臺郎力，扶持借赤藤。

題徑山一覽亭

歷覽衆峰頂，下視飛鳥背。一身凌紫霞，迥出塵寰外。

題錢清江

不受百錢餽，從兹號錢清。至今千載後，猶得仰佳名。

亦好園初春次韻

梅開群玉府，柳試縷金衣。過臘山逾瘦，迎風水漸肥。
初日宜征轡，輕寒怯裌衣。蟹黄經雨潤，鴨緑得春肥。

讀書

一飽無餘事，平生萬卷書。短檠頭雪白，端爲惜居諸。

覽鏡

平生壯夫志，老去未消磨。其奈青銅裏，蕭蕭雙鬢何。

次王狀元晚菊二絶

雖晚亦既好，花中無此香。誰能識真趣，高隱在潯陽。

併與杞同賦，舊嘗聞雪堂。先生澹無欲，亦復愛清香。

彦禮提宮寄似黄芙蓉詩次韻奉酬二絶

紅粉雖云妙，鵝黄亦大奇。欲知堪畫處，絶勝採江時。

幽圃知何處，青山東復東。芙蓉黄玉蘂，還與海榴同。惠山黄芙蓉、錦園黄石榴，風味略相似。

亦好園四詠

亦好亭

亦好新亭小，登臨意緒長。清流依檻曲，明月逐簷方。

磬湖

未用他山錯，寧須泗水浮。衝風時激浪，清韻亂鳴球。

釣磯

只爲貪赬鯉，還應愛碧流。風來花落餌，雲破月沈鈎。

菊徑

小徑三秋好，西風百本黄。但令頻泛酒，日日是重陽。

黄石榴吾里所未有僕始携自中都植之二年方著花明潔可愛異於他榴

但見蹙紅巾，未聞衣黄裏。一試縷金裳，世識真西子〔一〕。細染麴塵英，稀着鵝黄蘂。雖無蠟梅香，風味絶相似。

磬湖即事

十畝煙波濶，平開一畫圖。已添無數景，唤作小西湖。

〔一〕「識」，原作「職」，據續叢書本改。

題亦好亭集句

從士力難任退之，何其掛懷抱子美。不及在家貧樂天《客中守歲》，在家貧亦好戎昱。

園中即事二絶

錦園無十畝，緩步足登臨。弄月波濤細，愛山花木深。

風勁木初落，霜輕花更幽。晴香山苦馬，冷豔水牽牛。有花生曲水中，似牽牛而小，葉生水下，花出水上，其榦類鵝翎箭桿，仍長一尺四五寸，無枝，余爲名之曰：水牽牛。

愛山堂

棟宇還依石，窗扉不礙山。丹青寧辨此，烟雨飽孱顔。

香山集　卷十三

七言絶句

錦園小春

細雨將春上曉枝，東風吹緑到漣漪。長溝繞檻多佳處，小逕穿花無盡時。

春雨

晚風吹雨過西疇，惻惻輕寒似早秋。燕乳鳩鳴春又老，可堪芳草喚人愁。

春陰不斷怒鳩聲，日日溪雲帶雨行。試挂西窗看霽色，一川煙草畫難成。

春日偶成

煙霏初散曉寒收，花氣烘晴草色浮。一片風光吟不盡，青春池上海棠洲。

戲詠書案上江梅水仙

偷將行雨瑶姬佩，招得凌波仙子魂。幽韻清香兩奇絶，小窗斜月伴黄昏。

壽星泉

水邊豈無清江使，石上自有黄冠仙。更須喚取遼東鶴，便是人間不老泉。

次韻楊廷秀郎中遊西湖十絶

湖波萬頃瀉鎔銀，妙句誰能敵李紳？橈影緩隨紅蓼岸，荷香細著白綸巾。

蕭蕭竹徑細通幽，小憩明窗瀹茗甌〔一〕。夏木陰陰可人處，黄鸝飛上碧枝頭。

裴園亭榭水之濵，草樹雲煙滿目横。盡日對山仍把酒，兹遊絶勝若耶行。

與世從來最濶疏，年來况復味《潛虚》。漆園不嗜濠梁樂，人自人兮魚自魚。

憶昔孤山和靖家，光風霽月總輸他。幾多水草連煙草，無限蘋花雜藕花。

誰云騎馬似乘船，摇曳中流即水仙。香繡幾屏波底影，煙綃千幅望中天。

湖堤樓閣劇蜂房，樓上争看湖上航。萬柄芙蓉清冉冉，臨風新拆麝臍香。

一時談笑總名流，十里西湖恣意遊。熟醉側身窺翡翠，狂歌左手把蝤蛑。

袢暑渾如深甑炊，涼颸一餉最先知。憑誰爲覓丹青手，畫我談詩剥芡時。

〔一〕「憩」，《永樂大典》卷二二二六四作「刹」。

湖邊幽勝滿青蓮，到處時時泊畫船。竟日漣漪吟不足，欲歸重看水中天。

九日無酒

年年把酒對黄花，一任西風醉帽斜。今日無錢還對菊，不知何處酒堪賒？

雪

翦水輕花著地消，弱肌無力倚風飄。欲知回旋空中舞，恰似楊家静婉腰。

曉行

樹頭鳥語落虚簷，清夢驚回睡未厭。笑跨紫騮穿緑徑，晴雲凉月正纖纖。

道上口占

隴北麥苗初覆塊，舍南梅蕊已含顰。小春似有芳菲意，憑仗何人爲寫圖？

詠梅

竹外江頭帶雪看，花中清絶畫應難。玉肌瑩骨冰姿瘦，單著生綃怯暮寒。

三月十四日陪同年十有六人遊浄慈遂飲於水月居坐中即事

車馳卒奔風雨過，粉白黛緑春事妍。裙腰政佳酒仍美，那復有路到愁邊。

崇桃穠李亦不惡〔一〕，一笑海棠尤可人。徐熙趙昌俱骨朽，翠袖捲綃誰寫真？美酒未盡雙玉瓶，更聽提壺鳴不停。斜陽可飲徑須飲，趁得城門打鼓聲。

凝香閣

渠渠夏屋翠陰稠，沉水香濃瑞靄浮。媿我無才吟五字，未妨燕寢似蘇州。

上巳郡宴即事

細雨輕陰修禊天，海棠睡足柳初眠。凝香簾幕東風煖，小醉清吟錦瑟邊。

〔一〕「穠」，鈔本、續叢書本作「積」。

次韻葉宰植竹四絶

檀欒節目瘦長枝，晴既蕭騷雨亦奇。誰道此君惟澹泊，細看頻賞自多姿。

蒼煙翠霧兩冥迷，秋雨叢深不作泥。冷葉寒枝須管領，亭亭會見拂雲齊。

誰云青士太無情，偏結騷人冷淡盟。不假遥岑分寸碧，故應雙目自增明。

墨本曾看煙雨梢〔一〕，臨窗依砌韻偏高。可憐不入繁華眼，秪稱清談王馬曹。

偶成

祠山東畔古桐西，垂柳陰陰映短扉。誰道官居太蕭瑟，香粳甜輭鱖魚肥。

〔一〕「墨」，原作「木」，據鈔本、續叢書本改。

至德

至德春山紫翠堆，楚東征吏又重來。是中正好覓佳句，捫腹自憐無此才。

齊山

龕巖宜號祕密藏，翠微應呼清浄身。欲憑妙句發佳境，安得揮毫我輩人。

池陽報恩寺新成輪藏應公出示鮑仲山詩因贈

招提雄冠浦邊州，寶藏琅函眩電眸。更出故人奇絶句，相看知是贊公流。

遊青山當塗王使君命供張甚適

雨映青山訪謫仙，公厨分釀割肥鮮。酣歌一曲西風裏，頓失羈愁向酒邊。

放姑惡

爲憐心折骨仍驚，四十方兄博汝生。從此直須防巧中，著身未穩莫先鳴。

春日道中絶句

繚繞孤村一逕斜，緑楊深處有人家。翠眉紅頰墻頭出，淡淡春山淺淺霞〔一〕。

〔一〕「春」，鈔本作「清」。

次韻何茂宏見寄

牧之俯首隨繮鎖，元亮高情樂里閭。樽酒未能供一笑，尺書多謝附雙魚。

登寺後峰絶頂

杳杳扶笻上翠岑，松風蕭颯五雲深。不知直自登臨處，下至平川幾百尋。

洄溪閣

十尋傑閣倚雲隈，淡靄輕煙照眼來。山色不隨天際遠，溪流長爲水深回。

蓬萊閣

絶知蓬島異塵寰，弱水相望萬里間。争似卧龍雲際閣，不勞跨海即鼇山。

自入新安境中鴨脚千樹羅生道傍秋實離離低拂行客顧之欣然因成絶句

離離秋實壓枝柔，帶露含煙爛不收。須信新安生鴨脚，大勝霅水熟鷄頭。今歲鴨脚盛生。

任公釣臺

任公垂釣古來稱，千載危臺尚可登。尺澤只今無處覓，懸知深谷解爲陵。

好溪堂

好溪無復怒濤龘，繚緑縈青秀色腴。更著華堂臨絶境，風流長與峴山俱。

凝霜閣

巋然飛閣榜凝霜，雪散冰丸却暑方。治郡風流無處覓，只應棟宇是甘棠。

題靈源洞

細數峰巒到石門，緩移屐齒步雲根。一樽濁酒林間坐，古木蒼蘿日月昏。

鬼鑿神鑱巧更紆，直疑有路到華胥。坐來濃翠沾衣冷，恰似飛來秋意初。

昌園賞梅園一作原

十年不踏淮安路，今日昌原得縱遊。千樹撩人詩興動，恰如何遜在揚州。

縣齋夜坐

鶩行散盡室如冰，數卷殘書一穗燈。尚有茹葷兼飲酒，不然全似打包僧。

余禱雨龍湫翼日響應兒子輿之有詩紀實仲文季直弟亦既同賦老子久不作詩因得絶句

龜齡昔禱五龍廟，曰雨而雨若有期。我無能爲此云役，雲螭何事不相違。龜齡王公昔守鄱陽，禱雨龍祠，不旋踵而應。事見《五龍廟碑》。

餘干資福寺巖桂盛開因折一枝戲成絶句

緑玉枝頭金粟團，可人風味勝紅蘭。一枝攜向金溪去〔一〕，袖裏誰知有廣寒？

雲錦閣

巖花亂落隨春水，萬丈輕紅遶驛樓。不是江流似雲錦，政應雲錦似江流。

上清

積雨新晴翠靄浮，好風掖我上清遊。白頭捧檄真聊爾，那忍深文學杜周。

〔一〕「金」，鈔本、續叢書本作「錦」。

七月晦日聞鶯

憶得東風汎蕙蘭，曉窗紅樹聽綿蠻。如何却到深秋節，盡日猶啼修竹間。

九月八日次韻沈虞卿一首

白髮蒼顏會帝鄉，微雲淡雨小重陽。一樽相屬非無意，欲攬胸中書傳香。

次韻朱昂仲見寄一絶

使君詩酒日娱嬉，燕寢新來一段奇。政是夢熊佳節裏，釋迦抱送寧馨兒。

九日鞫獄茶山廣教院遣興一絶

牧之秋浦峰頭飲，王勃南昌閣上吟。千古勝遊誰復繼，只今重九欠登臨。

鵝湖雙松亭

白壁長廊數十間，峩峩佩劍兩蒼官。艷陽滿目皆桃李，晚節如公可歲寒。

石扶山弋陽界中

玲瓏怪石巧相扶，奇絶無人作畫圖。要是飛來嫡孫行，恨君生不近西湖。

松源山

征途未盡弋陽西，且過松源九節溪。煙雨濛濛山色好，鷓鴣更與盡情啼。

懷愛山

空陂流水淡泠泠，小立春鉏點遠汀。煙雨半收山更好，知誰不唤作丹青。

仙隱觀費長房故宅舊名靈陽宫觀後有葛陂蓋竹杖化龍處也

松風百步到靈陽，千古風流憶長房。竹杖化龍無處覓，空餘陂水繞堤長。

題谷簾泉

此水名傳自昔賢，味甘誰敢鬬芳鮮？一甌雪乳初嘗罷，知是人間第一泉。

月臺

青林闕處緑陰開，十里長風送月來。妬雨玩雲都浄盡，素華清影巧裴徊。

琵琶亭

琵琶人去幾經秋，司馬青衫亦故丘。唯有當時亭下水，無情依舊更東流。

次韻梅花絶句

玉裙練帨清無塵，一笑喚回幽谷春。天寒日暮故相惱，不怕近前丞相嗔。

次槐卿舅詠梅二絶

玉肌冰骨不多枝，半映清池半近籬。寒雪尚遲新月早，横斜分影到漣漪。
朔風寒日澹孤芳，冰雪相看有暗香。但得横枝臨却月，不須斗酒博西凉。

石鐘山

坡翁文字妙來今，仙去遺蹤杳莫尋。惟有石鐘還好在，未須霜降自清音。

題煮泉亭

甘香曾飲谷簾前，攜茗仍來試煮泉。更覺清風生兩腋，始知鴻漸是茶仙。

香山集　卷十四

七言絶句

望月臺

灩灩冰輪林上頭，煙銷霧斂桂花浮。要看夜静天如水，莫遣疏簾不上鈎。

題太白祠堂

長安酒樓歌管新，一曲烏棲泣鬼神。狂客解龜同一醉，人人知是謫仙人。

倒披綺裘草裹巾，酒醒玉山來映人。明月滄江故無恙，騎鯨何處狎龍鱗。
潮生采石波濤險，秋入青山草木寒。千古風流無處覓，空吟亭北倚欄干。

初到廬山

匡廬山水甲南州，况是曾經靖節遊。眼底總堪供賦詠，新詩不礙細雕鎪。

温泉

不與驪山脂水並，獨於廬阜占佳名。我來試作泉間浴，一洗平生病惱輕。

題開先寺飛橋次待制王公韻

漱玉亭邊百尺橋，遊人平步玉虹腰。憑欄下瞰清淵底，秋水無塵浸碧霄。

遊柴桑懷淵明二絶

語客歸休醉欲眠，素琴雖蓄本無絃。南窗寄傲北窗卧，買斷清風不用錢。
草莽連雲舊逕荒，人人稱是古柴桑。園蔬籬菊知何處，喬木蕭蕭挂夕陽。

題石榴洞

有客持柯石門道，避人避世白雲邊。相逢驚喜還相問，應説經今八百年。
溪谷幽深可避秦，桃源風物畫難真。思量却得藍超力，解遣人知洞裏春。
當年雞犬白雲中，屋角榴花帶露濃。洞口只今無處覓，唯餘碧水繞青榕。

登清音堂

堂上横看江上洲，洲邊春浪拍天浮。晴欄倚遍無多景，浩蕩時時没白鷗。
洲以檀槽舊得名，風來草木自成聲。青衫司馬令人恨，只作潯陽送客行。

平生秀句誦隨州，今日身親歷勝遊。欲賦江山無好語，强賡歸鳥與孤舟。

彦禮提宫以詩見招赴惠山登高之集次韻奉酬

王勃揮毫滕閣上，蘇仙把酒華山顛。去秋相與追清賞，回首匆匆又一年。
西風摇落雁南翔，萬里晴空一洗凉。幸有從來茱菊約，敢辭相對引壺觴。

題徐子由《菊坡圖》

先生萬事不挂眼，獨向秋叢餐落英。未省折腰營五斗，懸知今日有淵明。
葺坡種菊當餱糧，想見西風百本黄。安得一尊相對飲，爲公滿意賦柴桑。

清心堂

雨餘池水淡泠泠，霜後梅花照眼明。題作清心知未稱，此心元自不須清。

去歲十月六日由番江向安仁今歲十月回自廣信復以是日同王藍田諸公登安仁張古峰

去歲兹晨離楚東，今年飛蓋上晴空。煙雲晻靄江天暮，一笑都如夢寐中。

懷王侍郎劉祕監

平生西蜀劉中壘，四海東嘉王右軍。三載相思千里夢，何時把酒聽論文？

臘前二日見青梅桃花

澤國寒多春事遲，南來地暖意都迷。城陰雨過臘初近，梅子青青桃滿蹊。

丞廨之後正瞰城城上有古木十數株盛夏五六月清風徐來蕭然有山林之趣嘗誦陳後山城荒可當山之句欲作亭對之榜曰當山而三歲之間十捧差檄三攝劇邑猝猝未能也今且去矣乃留詩壁間庶幾後之君子會有成吾之志者

地静城荒可當山，士衡瓦屋兩三間。作亭領略吾何暇，留待來賢涉筆間。

次韻趙十太尉留題驛亭絶句

青衫憔悴鬢毛蒼，還記并州舊葛强。楚尾吴頭秋驛好，喜聞嚼麝笑談香。

愛山

柳絲稀處見前山，半在雲間半霧間。回首亂紅濃翠裏，春風啼鳥更綿蠻。

朝爽軒紅蕉著花喜而成篇

青綺叢中蹙絳紗，碧雲闕處抹晴霞。凌霜窈窕含朱彩，消得愚溪作意誇。

題《泛五湖》《遊東山圖》

陶朱西子功名後，安石東山隱遯初。畫圖三挹春風面，豁得平生俊氣無？

亦好亭獨坐

亭上横看十六峰，峰頭烟靄碧連空。不須更作遊山計，坐遣詩情落酒中。

湖口主簿劉君少魏以皂湖石二峰見遺其一盤拗呀豁仿佛金華洞天因目之曰小三洞賦詩一絶

片石來從鳳枳家，天然崖竅自呛呀。從今喻子新三洞，不減坡翁舊九華。

病起

寢瘵初休意未便，篔簹生筍柳生綿。誰能竭竭團欒走，只要齁齁酩酊眠。
幾歲思歸今得歸，一筇三逕共忘機。寸腸滿貯愁千斛，的當回頭覺昨非。

次韻槐卿舅詩寄石榴

細高風物總幽奇，朱實離離瘦玉枝。居士既爲東道主，文人休勒《北山移》。

六月十日偕夏卿兄季野孟明仲文季直弟遊香山因得小詩書僧堂壁

夏木陰陰翠竹疏，相攜蕭寺饌伊蒲。他年細味禪房句，便是香山六老圖。

孟秋七日邀從兄廿五宣義四弟五姪同飲錦園即席之作

湖水林風清復清，買肴置酒七峰亭。直須待得玉鉤掛，要看牽牛織女星。

何遜《梅花詩》云枝横却月觀林和靖云水邊籬落忽横枝又云疏影横斜水清淺是或一律也亦好園江梅一株枝横丈餘作平壇鑿小池於其下壇池初成榜曰横枝喜而賦詩

却月枝横淮海初，水曹句法到西湖。横枝影瘦池清淺，奇絶何人作畫圖？

三月六日清明節道中

清明時候雨初足，白花滿山明似玉。道傍滿山皆白花，問之樵者，曰：此藺花也。十里春風睡眼中，小桃飄盡餘新緑。

北山登高

九日紅茱紫菊催，相攜緩步上飛來。酒酣便有龍山趣，不用重尋戲馬臺。陳益之、李兼濟皆爲余作大字，書此二詩。

渡江至侯官鎮記所見

破臘侵星渡急流，曉風吹動黑貂裘。黄雲不斷碧雲暗，荔子林邊甘蔗洲。

峽橋

驚流落石震林坰，一洗紅塵耳目醒。妙語曾聞杜陵老，高江急峽鬬雷霆。
百尺危橋跨綵虹，快輸白浪入晴空。眼驚巫峽江山近，身在蘇仙詩句中。

文舉司理以㶉鶒一雙見遺作詩爲謝

五采斕斑好毛羽，金沙石礫映毰毸。我無御史西臺望，安用一雙㶉鶒來？

贈神童陳樸

陳郎七歲富三冬，此去聲名動九重。好踐退之童子序，莫隨劉晏頌東封。

就報恩借碾碾茶彝老有詩因次其韻

斷無鵝鴨惱比鄰，賴有鐘魚隔竹聞。故遣新茶就佳磑，要供戲綵滿甌雲。

七夕戲詠

別多會少兩情深，風幌雲屏喜不禁。誰道初秋清夜永，須知一刻直千金。

巖桂

粟粟枝頭淺淺黃，十分風味百分香。廣寒宮殿清秋裏，掠削雲鬟試靚粧。
枝頭金粟色偏匀，空裏非煙氣自薰。莫把白旃檀漫比，香濃猶得逆風聞。
水沉風味欝金黄，風定猶聞十里香。造物普令薰一切，故應五濁暫清凉。

謝司路鈐遺菊花塔

夫君遺我菊浮屠，分得清香供讀書。突兀便高三數尺，層層晝影緑扶疏。

謝陳蘇州送酒

宮庠寂寂雀羅門，寧有賢人倒緑樽。賴得蘇州情義重，肯令從事問寒温。

元日追次東坡和子由省宿致齋韻

五十之年又過三，依然白髮照青衫。年來大起山林興，任達從教笑阮咸。

人日道中口占

初日輕烟溪上橋，遠峰積雪未全消。東君也是多情思，先遣春光到柳條。
竹籬茅舍水邊家，窗牖虚明小逕斜。草色未多春意好，疏梅映竹兩三花。

書紅香堂壁

瓦影鱗鱗蔭曲塘，疏簾不下縱荷香。緑波乍識紅粧面，未忍輕將比六郎。

參議林郎中蓄乘軒君向來止有其一今日見之乃有嘉偶因得小詩

物情非耦不能久，並蔕芙蓉亦自雙。珍重鶴君新得配，故應清唳徹秋江。

南劍道中

桂樹青青百里疆，鷓鴣啼徹午陰涼。延平津上峰如削，劍去江空水自長。

九曲溪

扁舟一葉破漣漪，九曲窮時山更奇。喚取謫仙來著句，平章佳處要清詩。
十年來往大江東，每爲青山引興濃。自到此山尋絶境，悔看五老九華峰。

遊龍井

九月十日天氣凉，桂花零落菊花黄。竹根如意雙不借，放眸一望海天長。
天人彌天同一遊，灑落珠璣不自休。二老風流今浄盡，空餘怪石對龍湫。
致身通顯大槐夢，快意畋魚紫石潭。何似相攜古蘭若，細看香篆味茶甘。

次韻馬駒父晚菊五絶

朔風吹冷破檀心，浥露匀鋪瑣碎金。喜見鮮鮮長踴躍，只應吏部獨知音。

開及梅花未發時，那愁三弄有桓伊。何時栗里東籬下，冷蕊寒英伴酒巵。

嫩黄初破未凋殘，風露相禁曉色寒。欲並墨梅兼墨竹，何人爲作畫圖看？

不知香曆爲誰開，衫染鵝黄巧翦裁。但得目成兼色授，何妨頃刻耻樽罍。

霧幌褰開秀色明，麴塵半臂亦多情。芳菲不擬親桃姊，蕭灑端宜齒石兄。

莆陽道中

閩粤溪山處處經，長松夾道奏簫笙。只應行客忘勞役，千里清陰管送迎。

乘風雨登舟至麴院

猛雨連天水滿湖，扁舟風撼碧濤麤。掀髯笑詠煙波裏，兩岸人應作畫圖。

登蒜嶺

三年烏石山邊路，每恨南留未北歸。今復無端登蒜嶺，却尋烏石認親闈。

次韻趙景明初見梅花

不解何郎五字詩，年年長是探梅遲。未甘辜負春消息，强擬來看竹外枝。

香山集卷十五

七言絶句

送師相陳大觀文

地總全閩控百蠻，政成治最二年間。五千里見耕桑盛，百萬人欣日月閒。

腥風吹海向來驚[一]，玉帳分弓射怒鯨。千里妖氛都鏡净，商船載月夜深行。

頻年秋稔縠相因，八郡恩波著處匀。長樂城中家幾萬，家家生子總名陳。

〔一〕「腥」，原作「狂」，據鈔本、《永樂大典》卷一五一三九改。

化國熙熙日自遲，棠陰無訟草含滋。何人剩伐南山石，大刻詳書德政碑。
裴令有心吟緑野，贊皇作意向平泉。君王夜半思元老，明日金甌寶墨鮮。
黄童白叟走踆踆，總向城邊擁去輪。願爲此邦聊小駐，公歸誰作萬家春？
將令四海變虞唐，那得夔龍滯一方。寄語邦人休卧轍，道傍行看舍人裝。
溶溶曳曳白雲閒，救旱濡枯頃刻間。四海蒼生望霖雨，謝公早晚起東山。
朱朱白白總精神，共喜今年化筆勻。尚有窮鄉寒谷土，政須一氣轉鴻鈞。

桐廬舟中

急槳如飛破浪紋，子陵灘下水沄沄。江風初静扁舟穩，卧看青天行白雲。

望湖亭

倚欄遥望賀家湖，千頃波光半欲蕪。試問青銅未消蝕，西湖得及此間無？

賀知章祠

乞得君王一曲湖，笑他三逕就荒蕪。欲知千古高風在，月落寒山影自孤。

鑑湖

憶昔未曾遊鑑水，畫圖髣髴見非真。年來飽泛同苕霅，寧媿江湖舊散人？

弄水亭次李察院韻

清溪一曲抱危亭，天水無塵相與明。昔日紫微今御史，兩翁詩句一般清。

題五洩瀑布四首

玉龍千丈自夭矯，飛雨十里長廉纖。愚柳一見心眼爽，未須界圍觀水簾。
香爐太白有佳句，雁蕩老坡題畫圖。安得二仙居至此，新詩想見唾成珠。
越絶徒聞萬壑流，他山未比此山幽。誰云十地有熱惱，但覺三伏生凉秋。
瀑雨霏霏濕翠嵐，來從天半許誰探。凌空踏盡崚嶒石，始到峰頭第一潭。

緑毛龜

白玉盆中淺更清，緑毛浮水鬭輕盈。須臾食罷渾無事，自上盆山頂上行。

禹帝祠道中

薰風正欲拂江梅，去歲兹晨宿霧開。新竹出墻荷貼水，今年潦倒又重來。

窆石

禹陵蹤跡頗堪疑，窆石衣冠知幾時？猶解起人河洛思，可憐大勝嶧山碑。

菲飲泉和韻

不覺當年室與宫，菲泉猶得想遺風。至今美食鮮衣者，不敢緣窺緑浄中。

陪胡少卿登山瞻禹陵

考古年來喜有徵，相攜步步上崚嶒。皇華使者歸朝著，好爲詩翁説禹陵。

鵝池

空餘青李與來禽，寶墨知誰是賞音？未若山陰羽衣客，等閒猶識愛鵝心。

秦望閣

傲睨須知古有秦，却將黔首等微塵。當時虛上峰頭望，不見桃源避世人。

定泉

茲泉定力冠諸泉，故向空山獨湛然。終日虚明無一物，客來惟見浪痕圓。

登望海亭

誰將龍脊置新亭，一餉登臨耳目醒。欲識海門山盡處，爛銀堆裏數螺青。

題智者雙清堂

潦收池浄見魚行，木落山空鳥語鳴。更待夜深來徙倚，要看霜月鬬波清。

磨勘轉朝請郎

脱身畎畆簉簪紳，父母妻孥均沐恩。百年七萬二千飯，要須一飯不忘君。

乙未詠梅

疏枝倚竹更臨池，一餉清寒瘦雪肌。恰似玉兒初識面，朱唇蘇頰總相宜。

湖上二絶

輕陰疏雨帝城西，目斷裙腰緑正齊。處處春風圍繡幕，行雲莫與濕障泥。

初過百六見梨花，堤路煙輕雨更斜。玉雪一枝端可念，柳絲深處水邊家。

天申節明慶寺啟建

兩鬢蕭蕭華髮生，欲尋江上白鷗盟。皇恩却許陪鵷鷺，重聽景陽鐘鼓聲。

雨中至上竺

雲滿千山雨滿川，肩輿來禮白衣仙。山間秋色知多少，總在危簷繚檻前。

聞莊鵬舉山茶小盆葩華雜然有意舉以見遺因作詩求之

琉璃翦葉碧團團，收拾繁枝徑尺寒。舉贈詩翁知有意，要令飽看鶴頭丹。

送王季海敷文赴閩漕

鐵冠慷慨老臣風，諫紙雍容補衮功。久以精忠簡天上，暫將和氣到閩中。
諫省歸來三載餘，君王應渴見鴻儒。七閩重地誰能漕，聊出長才爲轉輸。
聖主方懷南顧憂，且煩持節按閩州。政成早作朝天計，兩地端須第一流。

追憶王詹事何知録

平生師友子王子，四海襟期録事君。白髮紅顔俱異物，高山流水欲誰聞？

直廬鎖宿呈監丞宋文

軒窗空洞惟脩竹，風韻時時自琴筑。學省蕭然冷欲冰，兩翁相對清如玉。

懷亦好園釣磯寄仲文季直二弟

罄湖雨過漾清波，古岸秋來長薜蘿。問訊石君無恙否，試煩著手爲摩挲。

蚊

聲如蛾唱更悠揚，透縠穿紗喙許長。莫倚傳呼工噬嗑，須知十月有清霜。

題《藍田松竹圖》

風姿凜凜千君子，冠劍堂堂兩大臣。著我中間哦五字，只應斯立是前身。

送《終南》《函谷》二圖還司路鈐

平生飽看江湖景，所恨未遊關輔山。一朝圖畫入吾手，似到終南少室間。

次韻林參議致甫以詩見索近作

朝行款接已彌年，會府重逢意豁然。好酒未容千日醉，惡詩不必萬人傳。

僕不飲久矣今日過宋嗣宗且談且飲不覺露醉

年來飲酒不濡唇，蘸甲今朝始爲君。頗似昌黎當日語，人皆勸我若無聞。

次韻王待制遊東坡留題十一絶

吞舟尺澤豈能容，此地誰知著卧龍。當日春風生筆底，至今山色十分濃。

當年隨意樂江天，句句新詩盡可傳。事業文章兩俱美，先生兼比二公賢。王元之、韓魏公。

五年同社樂田神，一扇西風障庾塵。文采風流千古事，野人恨不識天人。

赤壁奴臺視白樓，五言端的勝蘇州。政緣不得文章力，故許江山作意游。

何處重尋飯顆詩，先生詩語總英奇。細吟出月穿天句，想見揮毫落紙時。

對泣何曾學楚囚，扁舟時作大江游。眼看西蜀三千里，身在淮南第幾州。

前代樂天今復見，後身元亮更何疑。百年人物有誰在，千古聲名無盡時。

筆下無非幼婦辭，胸中端擬效安期。我生只許拜遺像，不見先生無恙時。

先生仙去幾經年，赤壁依然浪接天。去棹來舟相指示，曾遊元祐玉堂賢。

雪堂風物渺江村，行客悽迷欲斷魂。不見當年謫仙面，空餘春柳典型存。

腐儒詩膽大於身，所恨陳言老未新。何日小舟江上去，一杯聊酹筆端神。

九日無酒仍不見菊唯巖桂一瓶伴此岑寂

白衣不至酒難賒，兀坐晴窗獨飲茶。今日重陽對巖桂，昔年百本看黄花。亦好園栽菊百本，每至重陽盛開。

次韻夔府王待制寄示《巫山圖》

碧嶂嶙峋夔子國，白雲縹緲昭君鄉。平生不識巫山面，今日巫山到眼傍。

上葉參政二絶

密幄從容僅五旬，趣專大政轉洪鈞。熙朝未有金華相，創築沙堤第一人。

前世萊公今復見，後身文正更何疑。君臣相得同魚水，剩把勳名鎮四夷〔一〕。

雨後聞蛙

雨過窗虚夜氣清，草間何處亂蛙鳴。休論公地兼私地，且聽蘿根呷呷聲。

次韻陳侍郎李察院《瀟湘八景圖》

瀟湘夜雨

平生雲夢澤南州，秋思春情浩莫收。更聽瀟湘夜深雨，孤篷點滴替人愁。

〔一〕「夷」，原作「陲」，據鈔本、續叢書本改。

洞庭秋月

洞闊乾坤日夜浮，月明天浄最宜秋。何人獨卧清風裏，萬頃煙波一葉舟。

平沙落雁

江南雲水蓼花洲，中有飛鴻巧自謀。過盡關山都不住，直須來趁楚江秋。

漁村落照

亂山深處水邊村，小艇初歸未掩門。吹火煮魚傾濁酒，半規斜日照黄昏。

江天暮雪

群山總入玉壺中，只有滄波映遠空。獨釣寒江晚來雪，憑誰畫我作漁翁。

次韻王待制初見虎牙銅柱詩

千騎遠征夔子國，百篇還賦杜陵詩。虎牙突兀撐空出，恰似雲開衡嶽時。

老僧攜笻竹杖來試就求之欣然舉以見贈

萬里攜來自蜀州，老僧珍重許誰求。相逢舉贈寧無意，要我雲山處處遊。

得伯壽兄知丞書因成絶句奉寄

兩地相望千里餘，一番梅雨曉晴初。無因可寄平安信，喜傍征人接近書。

讀韓詩有感用介甫體

少陵無人謫仙死《石鼓歌》，吏部文章日月光《沿流館詩》。半世遑遑就選舉《贈侯喜》，十年蠢蠢隨朝行《和盧郎中》。

讀樂天詩

樂天古律三千首，下筆當年不自休。平水兒童猶誦習，雞林賈客亦争求。

香山集　卷十六

七言絶句

次韻鄭季遠國録賢良題余《廬山詩記》

青鞋憶昔到廬山，回首清遊夢寐間。忽見廣文奇絶句，十年風雨唤仍還。

天姥夢魂勞太白，赤城想像賦興公。匡廬縹緲煙雲境，總在新篇妙句中。

次韻王待制題予《廬山記》後二絶

曾到匡君住處山，始知身在五雲間。吟毫揮盡無佳句，空遣奚囊捆載還。

山阿詩刻照雲松，到處逢人問我公。白傅蘇仙名不滅，公名今在兩賢中。

荷花

花落波間生纈紋，香飄風外似爐薰。六郎顔色應慚汝，八子風流定似君。

八月十八日觀潮

萬疊銀山出海門，百川渺渺不勞吞。晴江斗起黏天浪，一洗忠胥憤屈魂。

誰遣群兒把綵旙，翩翩鷩浪怒濤間。不知岸上人皆愕，但覺波心意自閒。

次韻郭删定《觀潮》四絶

白浪初看雲出門，驚濤旋見大江奔。不因江海雷霆鬬，安識蛟龍窟宅尊？
天池潮汐渺難推，何事多盈亦有虧？生長濤淵頭縱白，問之消息莫能知。
憶昔初爲總角兒，年年秋後厭旌旗。只今廓廓渾無事，樽酒何妨樂聖時。
身到錢塘江上初，端如碧海掛新圖。不知洗眼觀潮日，豁得平生俊氣無？

讀侍御《去國集》次韻卷首赴召

先生一飯不忘主，詩句端如杜少陵。敬讀新編二百首，凛然風采照隆興。

張持荷以二詩見貽不敢虚辱次韻奉酬

南湖騎馬似知章，熟醉清吟錦瑟傍。不分鶯行遮電眼，偷閒檢校水雲鄉。

南湖一似錦江園，秀句端宜入杜編。想得公餘時步屧，清風明月不論錢。

張持荷以詩見約同沈無隱賞梅因得絶句奉謝

結齋風味如和靖，况有凌風百尺臺。雪霽春新多辦酒，兩翁乘興欲尋梅。

自題端溪硯

吴興青石今無聞，歙郡刷絲端可焚。儒生誰是喜書者，安得一逢王右軍？

謝監丞子長雪中四絶

水花翦翦墜同雲，萬里横陳似畫坤。不見銀杯兼縞帶，知誰肯訪席爲門？

國子先生老宦遊，十年學省一狐裘。飢雷有意鳴蟬腹，寒粟無端起玉樓。

江邊釣雪翁荷笠，道上行人馬度橋。説與兒童須愛惜，莫貪瓊屑撼長條。

萬玉妃來遣目迷，縞裙練帨顫鸞篦。令人却憶桐川路，粉蘂垂垂照玉谿。

喜雪次侯宰韻

凍筆難成授簡章，寒光先到讀書堂。亂飄撲面如平叔，幾點侵眉似馬良。

高國正約飯素淨慈遂至劉寺酌茗於鳳凰泉同遊者蘇太博計撫揮公禪師請公道者蘇計與予同庚

三亥並遊真盛矣，二禪入社亦佳哉。鳳池一段風流事，不欠支郎與辯才。

春晚

春及瓜期夏景生，鳴蟬漸欲替啼鶯。蜂臣飛急衝殘絮，蟻子行忙礙落英。
荷葉商量貼水開，亂紅無數點蒼苔。穿簾雙燕復雙燕，把酒一杯還一杯。

喜雨

九重午刻命精禱，四海中宵同出雲。溽暑已隨飛雨散，清聲還並曉風聞。

次韻李同年誠之見貽之什

兄弟同登年亦同，羡君墨妙更文工。我慚潦倒頭仍白，擬學韓豪一送窮。筆端灑落謫仙人，况復曾同桂苑春。一笑相逢端莫逆，門前洲渚正横陳。李時寓居西湖。

丁未二月十三日廷和輪對

六年不獲面虞皇，重對彤墀晝漏長。玉色粹温天一笑，歸來滿袖有濃香。

送樓大防倅丹丘

我以疏慵匄外還，公乎何事亦翩然？兩家俱有親庭樂，且結斑衣自在緣。

匄外得括蒼東歸待次

一家滿載扁舟裏，兩槳春風去似飛。漸識路人鄉樹出，世間樂事莫如歸。
十年長客帝王都，五畝田園半欲蕪。乞得此身猶未老，自摇小艇釣平湖。

永祐陵

乘騎導從朝陵日，漫山桃李花如織。好風吹散半空雲，麗日放將新霽色。
森然一徑趨高爽，鬱葱佳氣遥相望。松聲萬壑奏笙竽，山形千疊開屏障。
小臣生長宣和初，深仁浹髓淪肌膚。只今白首馮唐似，何幸清齋拜鼎湖。

誓節馬驛讀龍溪詩

博山一穗爇沉薰，寄傲胡牀笑此身。馬隊也知非講肆，聊從開府乞清新。

途中讀周希稷所示詩卷以詩代簡

周郎詩句故驚人，爾許清新思不群。不是并刀工翦水，定知瓊尺巧裁雲。

州宅

勢壓江巒棟宇雄，使君如在廣寒宮。微之政以江山助，千首詩成咳唾中。

淳熙己酉上巳前一日蚤與遂昌縣尉葉禾晚與弟良弼姪得之金華監酒何震飲於月山之曲水覽節物之方新欣湖山之如畫率爾成篇

曲溝流水緑蜿蜒，正值春風上巳天。不是永和東道主，一觴亦復會群賢。

少微閣

臨空瞰瀾俯清溪，閣占黄堂西復西。我昔曾攀郎宿近，只今人指二星齊。

簡張子温運使

宗丞矻矻不離口，右司時時説解頤。豈獨當今三昧手，故應勝古《四愁詩》。

少陵子厚妙鑪錘，力不能追心自期。杯水平時猶不直，試求印可老宗師。

椿桂堂

昔時共説竇家椿，今見清門五桂新。我亦鄉閭誇盛事，比君家尚少三人。

題吴先生祠

先生高義薄層穹，解使池庭化泮宫。應笑蘭亭舊豪逸，溪山千古寂寥中。

題挹僊亭

鶴駕鸞驂入杳冥，望中遺跡照人清。只今縹緲煙雲裏，應有僊家犬吠聲。

送王節推夷仲秩滿赴闕

紫禁臚傳第四人，錦腸貝齒凜長身。三年來作諸侯客，千里江山陰受春。
胸中深蟠萬卷餘，筆端倒傾蛟室珠。掖垣政要舍人樣，致主澤民推宿儒。
戰和未定議紛紜，草茅有忠天莫聞。公乎行矣陪國論，毋媿新亭千載人。
中年謝傳良多感，欲別能忘作惡無？今日與公休惜別，須知元不隔江湖。

寄洪舍人二絶

人物中朝第一人，胸蟠萬卷筆如神。調元要倚經綸手，黄屋虚心待舊臣。
仲氏昔嘗司宥密，長公元已轉洪鈞。紫微豈久承流地，黄閣終須報主身。

平遠臺

平遠臺高俯翠微，海天煙雨正霏霏。登臨何處明人眼，烏石山前白鳥飛。

吴越王廟

五季流民去不還，賴君撫有此江山。嫌名舉世猶知避，何况來瞻廟貌間。

次韻丁端叔舟中值雪三絶

輕舞謝衣端不惡，斜侵潘鬢總堪驚。偶思功業聊看鏡，自怪年來太瘦生。

但知才出吴公右，孰識詩堪子建親。不惜剩吟黄竹句，何妨傳示白頭人。

延和初奏三千牘，幾甸旋移尺五天。風格出塵誰可並，争看遼鶴一千年。

二月二十八日周提宮葉致政樓司理過訪錦園

錦園春色滿西東，一笑相歡四老翁。八秩總開三百歲，樂天風味此時同。

錦園不減商山樂，四皓中間著此翁。今日可無千字作，何人似此一樽同。「千字作」謂「百韻詩」，昔樂天與劉夢得、裴賓客、王尚書飲，作詩云「四個老人三百歲」，今得用以爲故事。

磬湖偶成

只欠退之《盤谷序》，已成摩詰《輞川圖》。暮年寧復須西子，不用扁舟向五湖。

次韻黄三以詩分送筍

此君稚子别經年，忽到茅齋意豁然。自媿清貧饞太守，嘗新翻在小春前。

醉題艇齋

平生飽識江湖趣，今日歸來鬢似絲。閉户松風驚醉耳，恰如魚浦聽潮時。

送竹枕與勾希載太博

誰人彩斵渭川村，有節輪囷秋竹根。割我便便春晝睡，乞君栩栩夢中魂。

次韻何茂恭詠玉簪三絶

金谷墜樓人已遠，樓前首飾尚堪尋。誰家玉面雪肌女，淡掃蛾眉方稱簪。

未開黄鈿紫冠小，誰與幽人作好秋。一笑相看兩不厭，翠雲堆裏玉搔頭。

月露洗沐秋容浄，姑山初逢冰雪仙。風流水部與藻飾，從此梅花應並傳。

題湖上月林

月林風物最湖山，十里煙綃映霧鬟。欲識丹青難貌處，渚鷗汀鷺有無間。

亦好園菊花盛開爲賦二絶

風厲霜嚴了不知，晚來幽獨更多姿。綸巾細漉柴桑酒，坐對疏籬却始宜。
窮秋籬落日蕭蕭，淺笑臨風晝亦勞。徹骨清寒香未了，落英猶更入《離騷》。

亦好園海紅黄香梅著子戲成小詩

一枝濃艷倚東風，千葉輕黄點翠叢。占得娉婷仍結子，故應花果譜兼通。

磬湖小山激水作小溪

平湖激水轉山流，石澗縈紆走碧虬。料得丹青無貌處，白蘋紅蓼滿汀州。

連理枝

紫荆斜倚磬湖隈，並幹連枝錦作堆。猶記太虛壇上木，舞風雙影並徘徊。

送李深卿赴省試

事業平生在管城，策勲今日向神京。區區一第㬇子耳，要聽臚傳第一聲。
曲江深院題名處，應有春風得意詩。爲想杏花三十里，却思三五少年時。

秋日有懷仲文季直二弟

案：此詩據《南宋名賢小集》增入

微雲初月澹層城，絡緯聲連促織清。北雁不來千里信，西風還起故園情。

附録

附録一　補佚

廬山蓮社

遠公結社事清修，永叡宗雷並俊遊。千古空餘舊名字，白蓮零落不勝秋。前生我是比丘身，處處雲山有宿因。何日塵緣都凈盡，重爲香火社中人？（宋釋宗曉《樂邦文類》卷五）

讀邸報東坡追謚文忠

禄位見輕揚執戟，履屐猶藏魯乘田。蓋世窮名蒙美謚，故應千載識真賢。（清徐

松輯《宋會要輯稿》禮五八）

緑蕚梅

白練銖衣翠袂斜，洗粧不著臉邊霞。天寒日暮倚修竹，初見仙人蕚緑華。（《永樂大典》卷二八〇九）

種水仙酴醾

酴醾水仙皆玉英，請借汝南言以評。水仙内潤叔慈似，酴醾外朗似慈明。（《永樂大典》卷一三一九四）

讀《淮海集》

五言未數韋應物，八面須還秦少游。花氣湖光吟鑑水，雷推雨電賦黄樓。（《永樂

大典》卷二二五三七）

展敬文孝廟

才昔高南國，名今播八紘。英姿留此地，餘澤及編氓。仙去江山在，恩來日月明。經從千載後，款謁薦微誠。（明王崇《（嘉靖）池州府志》卷八）

括蒼舊州治記

浙東山水甲天下，括蒼復甲浙東，州宅奇秀，又括蒼之傑特偉觀。由清香橋入賢星門，上九盤嶺，委蛇曲折，凡四百許步至譙門。雙松夭矯，狀如龍蛇，對峙門之左右。又行二百許步至儀門，又北行百許步，穿戟門。行數十步至設廳，由設廳右行至便廳，太守治事之所也。由便廳而入柱廊，謂之「凝香」。由凝香至燕喜堂，幽邃静深，灑灑可愛。由燕喜至志喜堂，遂至月臺。臺舊名「拜香」，天王居其前〔一〕，石僧出其側，山之翠微，近在杖席下。其東則凝霜閣，楊公大年之所建也。由凝霜下行至好溪堂，軒楹開豁，棟宇宏麗。層級三休，至烟雨樓，憑闌四顧，目與天遠〔二〕，如登雙溪樓，如陟蓬萊閣，氣象絶似而爽塏過之。萬山峩峩，横在一目。或矻如樓臺，或聳如帆檣，或如虎豹之蹲、驊騮之驟，或如驚麏之出林，巨魚之闖波。下覩千井提封，隆棟傑閣，緑窗朱牖，掩映於晴霏夕靄之近遠，丹青水墨之所不能盡，令人目眩心懌，徘徊而不忍去。

由好溪折而右，至浙東道院，簾影無塵，草色映堦，闃然蕭然，不知其爲公宇也。其西則回溪、少微二閣綿延。青山在上，流水在下，如煙雨畫屏，愈看愈奇。沿脩廊至夕霏軒，見壁間盡刻名賢法書，如《蘭亭序》《黄庭經》《樂毅論》，熟復細味，似入太廟觀彝器，令人肅然歛衽。由夕霏至照水堂，所踐勝於前，所喜愈於初。仰睇霄漢，憑虚欲仙。又見四松出於簷楯外，如商山老人，衣冠偉甚。微風過之，如琴如

〔一〕「王」，原作「生」，據嵇曾筠《（雍正）浙江通志》卷五十一「拜香臺」條改。

〔二〕「目與天遠」，原脱「目」，據《（雍正）浙江通志》卷五十一「烟雨樓」條補。

筑，如蛟龍吟，如海潮聲。真人世之絶境、宇宙之奇觀也。歷階而下百許步，至擬滁亭，規模雖小，而意趣絶遠。坐胡床，對溪山，下臨絶壑，南明諸峰相距無一里。琵琶捍撥，横陳洲渚，漁舟賈檝，出没煙波中。欸乃之聲，不絶於耳。雖巧於摹寫如柳儀曹、劉賓客輩，猶不能得其仿佛，况訥於辭而拙於筆如余者乎？姑存梗概，以示後之人云。紹興庚戌五月既望記。（明何鏜《古今遊名山記》卷十上）

《隸續》跋

右淳熙《隸續》，觀使、大觀文番陽公所撰也。公頃帥越，嘗會稡漢隸一百八十九，爲二十七卷，曰《隸釋》；續有得者，列之十卷，曰《隸續》。既墨於版，亦已詳矣，猶以爲未也，復冥搜旁取，又得六十有五，爲九卷，所謂毫髮無遺恨者。書成，下示門下士良能。良能既得之，敬白安撫大資吴興公。公一見大喜，謂可開覺後學，乃命鏤之堅梓，以侈其傳。噫嘻！番陽公之好古，吴興公之樂善，俱極其至，概之古人，可謂無媿也已。淳熙六年八月十七日，承議郎、特添差通判紹興軍府事喻

良能謹題。（《隸續》卷首）

《忠義傳》序

忠義者，天下之大閑也，亦天地勁正之氣之所寓也。是氣之在太虚間，金得之，更百鍊亦不變；松與竹得之，冒嚴霜烈風積雪而不少衰；人臣得之，蹈白刃，赴水火，歷萬死而不改其操。由此其故也。李白有言：「忠於其主，人之主皆欲其臣。」然則不忠於主，亦人主之所不欲也。蓋人主之意若曰：斯人也，既忠於彼，豈負於我哉？苟負於彼，必不忠於我矣。且比干，違武王者也，武王封之，美其正也；太宰嚭，成越王者也，越王誅之，惡其奸也。丁公不殺漢高，恩孰甚焉，而報以大戮者，豈非以其背於楚乎？季布數窘高祖，仇孰甚焉，而赦爲郎中者，豈非以其義於羽乎？徐世勣不負李密之黎陽，太宗所以勤勤於托孤也。鄧曉聞李軌敗而入賀，高祖所以廢而不齒也。章聖皇帝東巡，過巡、遠雙廟，徘徊歎息，嘉其盡節異代，著金石刻，以贊其忠。夫巡等盡節於有唐之時，而見褒於有宋之英主，蓋忠則爲人主之所貴，不忠則爲人主之所賤。未有反覆賣國左右取容而見好於人主者；亦未有盡忠爲國不爲詭隨而見惡於人主者。此《忠義傳》之所以作也。

傳起自列國，終於五代，博採正史，旁及傳記。爲忠節係天下國家之所以安危、事之所以成敗，可以裨名教，可以勵風俗者，乃在此選，不然不録也。上下千餘年間，所取者不過一百九十人而已。嗚呼，可謂難得也矣！後之爲人臣者可不慕哉！

（《敬鄉録》卷一〇）

祭何茂恭文

嗟嗟茂恭，其果然耶！何昌於德，何嗇於年！何成之艱，何奪之遄！病胡不聞，訃奚以傳？爲善得福，造化所權。宜壽得夭，報應曷愆？蒼蒼蒼蒼，不仁者天！茂恭之行，粹然璧全。茂恭之才，煜然春妍。茂恭之文，浩乎如川。茂恭之字，薛稷、明乾。茂恭之詩，長吉、謫仙。謂宜西掖，儷美許、燕；不然東觀，接武固、遷。胸中萬頃，不施滴涓。光焰千丈，膚寸靡然。五十未加，一病不痊。二子白丁，偏觀華巔。人誰無死，子獨可憐。嗟嗟茂恭，吾實子賢。我作我文，子推子先。磬水南湖，日往月還。聯轡握手，北陌西阡。劇談月底，痛飲愁邊。我吏江東，書札翩翩。不遠千舍，尋我藍田。我官閩南，不我棄捐。藥物兔穎，朋來海堧。二月初吉，我熟我眠。忽夢子來，談笑我前。文字談論，胸懷究宣。我因作詩，欲寄未緣。豈意彌月，子隔重泉。欲拊子棺，道遠且邅。憂心煢煢，涕淚漣漣。千里致奠，一哀告虔。我酒孔甘，我肴既鮮。嗟嗟茂恭，尚歆此篇。（《敬鄉録》卷一〇）

五龍王廟記

龍王廟，鄱陽故祀典也。郡侯有禱，虔則應，賢有德則應。集英殿修撰永嘉王公由侍御史守鄱之明年，六月不雨。吏請修廟，公曰：「三日不雨，龍失其職。三日滂沛，當修如法。」是夕大雷電以雨，闔境告足，歲遂大稔，人喜。而後知公之能約束，而龍之知敬公也。公檄將官趙廣修其祠。工甫畢，有小龍狀如蛇見祠下，蟠屈如一大錢，文彩炳焕。廣見而拜之，小龍昂首起立，若與爲禮者。衆皆屬目，俄失所在，亦甚異矣。噫！世之人〔一〕，諄諄喻之而不帥，威而使之而不肯從，況於神乎？況於龍乎？今公之於龍，一號令之，應亦如響。既新其宇，靈証煜然。公之德與龍之所以靈，皆不可不書也。趙素剛直，其言不妄，説龍若是，故併記之。（《敬鄉録》卷一〇）

評詩

予嘗評唐諸家詩，杜子美如司馬温公，自是三代以還第一等人，無毫髮可議。韓退之如藺相如、顔平原，雖死向千載，凛凛尚有生意。李太白如謝安石，雖紆身朝紱，而志在林泉。或攜妓自娱，不拘小節，要之蕭然有出塵之姿，自不可掩。揚子雲著書，悔其少作，韜藏偃仰，不願人知。皓鶴冲天，閒鷗戲海，回視前日，始知烏鳶攫肉、鵲鳩争巢，蓋不啻糞壤爾。孟浩然、王維、韋應物如志和霅水、和靖孤山，雖

〔一〕「世之人」，原作「世人之」，據文意乙正。

未能追蹤高隱，要不得爲俗氛所蔽。白樂天如公羊傳經，羽翼聖道，根本教化，然其失也，不能不俗。杜牧之如荆卿匕首、子房鐵錐，豪健勇決。吁，可畏乎，其駭人也！孟東野如翳桑餓人，形影相弔，悲鳴憔悴，有辛酸可憐之狀，雖膏粱狐貉，亦不能不爲之憫然動心。李長吉如汲冢古書，茫然異物，雖瓌詭奇怪，動人耳目，然莫能名狀，不知其適用與否也？（《敬鄉録》卷一〇）

曹氏《世濟録》序 殘文

封州以身堅守似睢陽，罵賊不屈似常山，不辱家世似魯公。（宋吴儆《竹洲集》卷十四雜著《讀曹氏〈世濟録〉書其後》）

附録二　歷代著録題識

續文獻通考

〔明〕王圻

《香山集》，喻良能著。良能，義烏人，累官至太常寺。

山堂肆考

〔明〕彭大翼

宋義烏人喻良能，官至太常寺丞。嘗進《忠義傳》二十卷，孝宗深加嘆賞，即命頒行。以開國縣男致仕，所著又有《諸經講義》及《香山》等集。

國史經籍志

〔明〕焦竑

喻良能《香山集》十七卷。

内閣藏書目録

〔明〕孫能傳

《香山先生文集》，宋理宗朝喻良能著，凡十七卷。

千頃堂書目

〔清〕黄虞稷

喻良能《香山集》十七卷。義烏人，累官太常寺丞，以開國縣男致仕。孝宗時常進《忠義傳》二十卷。

宋史藝文志補　〔清〕倪燦

喻良能《香山集》十七卷。義烏人。

（雍正）浙江通志　〔清〕嵇曾筠

《諸經講義》五卷。《金華先民傳》：喻良能撰。

《忠義傳》二十卷。《金華先民傳》：喻良能撰。

《香山集》三十四卷，《家帚編》十五卷。《金華先民傳》：喻良能著，字叔奇，義烏人。

欽定續通志　〔清〕嵇璜

《香山集》十六卷。宋喻良能撰。

欽定續文獻通考

〔清〕嵇璜

喻良能《香山集》十六卷。良能字叔奇，義烏人。紹興進士，官工部郎中，除太常寺丞，出知處州。

四庫全書總目

〔清〕紀昀等

《香山集》十六卷。永樂大典本。

宋喻良能撰。良能字叔奇，義烏人，登紹興二十七年進士。補廣德尉，遷國子監主簿，復以國子監博士召，兼工部郎中，除太常寺丞，兼舊職，出知處州。尋以朝請大夫致仕。《宋史》不爲立傳，惟《金華先民傳》載其仕履頗詳。其兄良倚、弟良弼，亦俱以古文詞有聲於時，集中所稱伯壽兄、季直弟者是也。良能所著《忠義傳》二十卷、《諸經講義》五卷、《家帚編》十五卷，俱久佚不存。

其集，《義烏志》作三十四卷，焦竑《國史經籍志》作十七卷，世亦無傳。獨《永樂大典》中所録古今體詩尚多，核其格律，大都抒寫如志，不屑屑爲絺章繪句之詞。楊萬里《朝天集》有《送喻叔奇知處州》詩云：「括蒼山水名天下，工部風煙入筆端」，頗相推許。而良能集内，亦多與萬里酬唱之作，故其詩格約略相近，特不及萬里之博大耳。又陳亮《龍川集·題喻季直文編》一篇云：「喻叔奇於人煦煦有恩意，能使人别去三日，念之輒不釋。其爲文精深簡雅，讀之愈久而意若新。」是良能之文，亦有可自成一家者，惜其詩僅存，而文已湮没不傳矣。今從《永樂大典》採掇裒次，而以《南宋名賢小集》所載參校補入，釐爲十六卷，庶猶得考見其大略。其集稱「香山」者，案集中《次韻李大著春日雜詩》中有「清夢到香山」句，自註曰：「余所居山名」，蓋以地名其集云。

四庫全書簡明目録

〔清〕紀昀等

《香山集》十六卷，宋喻良能撰。原本久佚，今從《永樂大典》録出。僅有詩而無文。其詩大致近楊萬里，但氣象廣博遜之，故集中與萬里唱和頗多。

頤綵堂文集

〔清〕沈叔埏

宋義烏喻良能，字叔奇，與兄良倚，弟良材、良弼，並名於時。元黃文獻《先世墓銘後記》：喻葆光娶於黃，子男五人，其四人俱以文章知名是也。良能與良倚同登紹興丁丑王十朋榜進士，良材、良弼並國學進士。陳龍川稱「烏傷四君子」則良能、良弼及何恪茂恭、陳炳德先也。

良能由廣德尉累遷國子監主簿，進《忠義傳》二十卷，起戰國王蠋，終五代孫晟，通百九十人，乞頒武學，授之將帥。孝宗嘉其質實平正，御書其名於屏間。丁内艱，服除，以國子博士召，兼工部郎中，除太常丞，兼舊職，請外，知處州。尋奉祠歸，以朝請大夫義烏縣開國男食邑三百户致仕。營家圃曰「磐湖」，日以觴詠自娱終焉。鄉人慕之，表其地曰「郎官里」。所著尚有《諸經講義》五卷、《家帚編》十五卷。

良倚，字伯壽，著有《唐論》四卷、《策斷》二卷、《文選補》一卷，及詩文十卷。良弼，字季直，有《杉堂集》十卷、《樂府》五卷。龍川嘗稱：叔奇爲文精深簡雅，讀之愈久而意若新。季直文蔚茂馳騁，蓋將包羅衆體而一字不苟，讀之亹亹無厭也。叔奇尤工於詩，洪景盧、楊誠齋皆與爲文字友。考《金華先民傳》及縣《志》，《香山集》三十四卷，焦氏《志》作十七卷。今《大典》内採出賦辭、古今體詩，析爲十六卷。

皕宋樓藏書志

〔清〕陸心源

《香山集》十六卷。文瀾閣傳抄本。宋喻良能撰。

八千卷樓書目

〔清〕丁仁

《香山集》十六卷。宋喻良能撰，抄本。

藝風堂文續集

〔清〕繆荃孫

《香山集》十六卷。宋喻良能。

續金華叢書

胡宗楙

宋孝宗時有以質實平正動容嘉歎致御書姓名於壁間者，爲義烏喻叔奇先生。先生名良能，以朝請大夫義烏縣開國男食邑三百户致仕。營家圃曰「磬湖」，日以觴詠自娱。湖傍香山，因以香山名集。《義烏縣志》作三十四卷，《國史經籍志》作十七卷。此係十六卷本，四庫從《永樂大典》鈔出，杭州丁氏繇文瀾閣轉鈔寄贈，亥豕魯魚，苦無原書讐校，良用耿耿。所著尚有《諸經講義》五卷、《家帚編》十五卷及《忠義傳》等書，均未見。季樵胡宗楙。

《香山集》十七卷，喻良能撰，清乾隆翰林院鈔本。

喻良能字叔奇，義烏（今屬浙江）人。以所居有香山，因以爲號，兼名其集。宋高宗紹興二十七年進士，補廣德尉，通判紹興府，遷國子監主簿。以國子博士兼工部郎中，除太常寺丞。出知處州，後以朝請大夫致仕。著有《忠義傳》二十卷、《諸經講義》五卷、《家帚編》十五卷及文集三十四卷，多已散佚。事蹟見《金華先民傳》卷七、《敬鄉録》卷十。

良能以詩文知名，與楊萬里、王十朋等唱和甚多，爲文精深簡雅。但其文集，宋代鮮有人提及，既無序跋傳世，也無史志著録。元黄溍稱其有「《香山集》行於世，而此銘（《居士黄公墓志銘》）不載集中」（《文獻集》卷四《先世墓銘後記》），可見其集元時尚流傳於世，且集外當不乏遺文。至明，《文淵閣書目》卷九、《菉竹堂書目》卷三並著録《香山文集》二册，《國史經籍志》卷五著録「喻良能《香山集》十七卷」，《内閣藏書目録》卷三則著録《香山先生文集》十七卷。《千頃堂書目》卷二十九亦著録《香山集》十七卷。可見其集明時尚存，而後世散佚。今存十六卷本，係清四庫館臣自《永樂大典》裒輯，《四庫全書總目》卷一百五十九云：「其集，《義烏志》作三十四卷，焦竑《國史經籍志》作十七卷，世亦無傳。獨《永樂大典》中所録古今體詩尚多……惜其詩僅存，而文已湮没不傳矣。今從《永樂大典》採掇裒次，而以《南宋名賢小集》所載參校補入，釐爲十六卷，庶猶得考見其大略。」民國年間，胡宗楙以文瀾閣庫本校刊，收入《續金華叢書》。

本書所收清乾隆翰林院鈔本，則世所罕睹。核其版式，與影印文淵閣《四庫全書》本大抵一致，而時見異文。卷十末《挽周子及》，庫本置於卷十一《思歸》後，而本書《思歸》後之《王母口號》一文，則爲庫本漏收。又核《續金華叢書》本排列順序，則與本書一致，而與同出《永樂大典》之文淵閣本小有差異。卷一、卷九等有「詩龕藏書印」，爲乾嘉時法式善故物，其來遠矣。（吴洪澤）

附録三　生平交遊資料

宋

贈喻叔奇縣尉〔一〕

王十朋

叔奇攝職會稽，公事之暇，必訪僕於民事堂，終夕論文，欣然相得，輒成小詩見意。

同舍同年友，天資迥不群。詩文侵晉宋，兄弟類機雲。梅市訪仙侶，蘭亭懷右

〔一〕以下王十朋詩作録自《梅溪集》後集卷三至卷二十七。

軍。叔奇嘗集《蘭亭序》，作詩五絶。公餘時過我，無酒亦論文。

十月十六日欲與夢齡弟及聞詩聞禮同遊蘭亭仍約喻叔奇偕行會天氣不佳喻亦以疾辭出門而止兀坐終日懷抱殊惡

王十朋

我欲遊蘭亭，天氣殊不佳。同行感微恙，杖屨不可偕。出門興遽闌，兹遊竟未諧。遺文閲永和，聊用慰此懷。

和喻叔奇集《蘭亭序》語四絶

王十朋

我自扁舟入越初，蘭亭已向夢中如。崇山峻嶺至今阻，唱和詩成無處書。前日具筆硯治詩牌，竟不成往。

群賢少長畢經過，曲水流觴憶永和。一代風流已陳迹，世殊事異感傷多。

晤言一室許誰親，相過無非我輩人。放浪形骸嗟老矣，仰觀宇宙尚艱辛。茂林修竹未成往，遊目騁懷聊自欣。暢叙幽情有齊契，一觴一詠細論文。

王十朋

和韓退之《晚菊》贈喻叔奇

嘉菊何太晚，十月纔黄花。既晚好何益，三嗅良可嗟。開日乃佳節，芳樽對年家。今夕苟不飲，如此黄花何。

王十朋

喻叔奇惠川墨

子墨客卿來自蜀，綉川家藏尤不惡。明窗研磨出珠玉，客卿於君德良渥。嗟予經年客蓮幕，交絶方兄澁囊槖。文房諸子亦蕭索，同年於予契非薄〔一〕。特遣卿來助予

〔一〕「薄」，原作「簿」，據文意改。

學，不才拜賜心愧怍。客卿之意殊不樂，陶泓毛穎登臺閣。陳玄待詔同著作，卿從予遊失所託。惟清惟静惟寂寞，但有詩篇日酬酢。

和喻叔奇遊天依〔一〕四十韻

王十朋

稽山高八雲，鑑湖闊浮空。禹秦有餘迹，晉宋多鉅公。我來歲及周，夢寐懷清風。兹欣天氣佳，扶桑欲曈曨。駕言天衣遊，盍簪盡鴛鴻。經夕戒行李，如期集仙宮。早會於天長觀。聯騎出城南，行行指秦峰。千巖競吐秀，眼界清無窮。招提在何許，十里松陰濃。林端忽鐘磬，與客爲先容。群簪擁花界，雙佩鳴寒空。試將比天台，大略如思豐。天台國清，山水秀絶，有思豐堂，尤可觀覽。首讀邑浩碑，妙理開昏蒙。細觀元白詩，丘壑羅胸中。蕭壁〔二〕尚堪面，寺有「面壁」二大字。梁薪幾經烘。寺有梁時

〔一〕「依」，當作「衣」。

〔二〕「壁」，原作「璧」，據文意改。

薪火，見李公垂詩。兹宫現有相，禪客談無同。朝陽最嶄絶，白雲抹其胸。朝陽峰最奇。杜鵑天下無，至今映山紅。鷄僧始開山，道業聞清裹。思舉照不起，高價傾江東。袈裟縷黄金，宫女自針工。昭明親抱送，禮意何太恭。白馬忽渡江，臺城喪英雄。國破遺衣在，丹青落塵容。寺舊有梁昭明太子畫像。我輩皆書生，意氣飄如虹。蠟屐共尋幽，寧求香火功。載酒懷賀老，招隱思戴顒。賦詩效吹臺，一飯敢不忠。况我賢使君，德宇尤疏通。楚醴餉百榼，白衣走山中。嗟余何爲者，天資媿倥侗。謬與酒中仙，偶同蕺山松。蕺山有八松。同年妙詞章，况有山水供。古詩如古琴，山高水溶溶。背囊小奚奴，捧硯長鬚僮。叔奇題名。勝遊與佳作，二美今具逢。品題徧群英，波瀾及孤蹤。掬水弄華句，比擬何凡庸。「掬水月在手，弄花香滿衣」，乃于良史《遊天衣寺詩》也。兹會如蘭亭，同行類荀龍。盛事在詩史，奚用呼畫工。

懷喻叔奇己卯

王十朋

結得賢關雁塔因，東州相遇益相親。凌雲三賦我慚馬，清唱百篇君勝秦。冀北郡空殊昔别，江東日暮倍傷神。同年四百二十六，莫逆論交能幾人？

喻叔奇迎侍赴桐川榜其堂曰戲綵書來求詩寄題一絶　王十朋

桐州綵捧蹔宣威，首闢萱堂上壽巵。堂上慈顔笑還語，老萊文采媿吾兒。

次韵喻叔奇追感去冬天衣之遊　王十朋

去年同會類高陽，蠟屐登臨雅興長。可但山光向人好，更欣天氣爲吾良。路經禹穴深懷白，目對秦峰遠憶黄。天衣在秦望山下，按朱育對四皓黄公者，乃越人也。日線又添人正遠，尺書千里尉相望。

寄題喻叔奇亦好園

王十朋

喻子有園堪養親，栽花種竹清且新。堂中戲罷即策杖，叔奇有母，家有戲綵堂。在家有此何憂貧？弟兄既好園亦好，叔奇與兄伯壽同登科。大勝吾家園小小。兩園松竹懷主人，他日歸來各須早。

讀喻叔奇送行六詩

王十朋

番昜同事九十日，尊酒相呼恨不多。送別六詩詩似杜，絶勝劉子《竹枝歌》。

和喻叔奇宿大木寺

王十朋

木記餘千大，風觀楚國雄。吾詩留大才，君句壓雄風。番水連天碧，潘花滿縣紅。叔奇攝邑安仁。論文一尊酒，何日故人同？

次韻喻叔奇《松竹圖》　王十朋

只應王子猷相愛，未許秦皇帝可親〔一〕。畫我同年作三友，歲寒節操宰官身。

寄《巫山圖》與林致一喻叔奇　王十朋

圖畫巫山十二峰，緘題遥寄舊遊從。煩君子細看山色，不似老夫歸意濃。
數千里外共明月，十二峰頭望故鄉。我對此山無夢寐，夢魂只在雁山傍。

〔一〕「親」，原作「秦」，據四庫本改。

喻叔奇自番陽來以詩見贈次韻以酬

王十朋

家居雁宕芙蓉側，身自瞿塘灧澦回。覽盡江山歸路遠，舞翻烏鵲故人來。舟至富川，烏鵲滿檣，次日九江與叔奇遇。詩吟夔子相思句，酒飲番陽未盡盃。種學績文宜館閣，二松那復久淹徊。

讀喻叔奇遊廬山詩

王十朋

前年我亦到廬山，杖屨烟霞縹緲間。萬里東歸如倦鳥，不知飛過只知還。

路經湓浦嘆怱怱，不及從君訪遠公。忽見廬山真面目，在君二十一時中。

喻叔奇采坡詩一聯云今誰主文字公合把旌旄爲韻作十詩見寄某懼不敢和酬以四十韻

王十朋

斯文韓歐蘇，千載三大老。蘇門六君子，如籍湜郊島。大匠具明眼，一一經選考。豈曰文乎哉，蓋深於斯道。諸公既九原，氣象日衰槁。山不見泰華，水但識行潦。詞人巧駢儷，義理失探討。書生蔽時文，習義未易藻。著述豈無人，紛紛謾華藻。有如分裂時，僭僞各城堡。同年廣文君，所作非小好。高吟薄風雅，古學窮渾灝。讀史正豕亥，觀詩辨形夭。千篇冰玉清，萬字波瀾浩。心慕大手筆，所恨生不早。鄉令門及韓，不類端可保。賞識遇歐坡，當爲篋中寶。聲名終不掩，光艷姑自葆。嗟我最不才，兀兀首空皓。半生槐踏黄，晚景蓋張早。出守婁及瓜，還家僅嘗稻。去六月還家，九月赴泉山。田園荒淵明，江梅客張鎬。塵埃未能脱，憂患苦相惱。愁僭卧蠶眉，相者謂予仍如卧蠶，主多愁苦。痛徹伏犀腦。近苦頭疼。何當歸故山，已書下下考。鍾筆况久閣，盧經徒獨抱。古文如金城，偏師詎容擣？小詩時自遣，句法未知造。廣文賢闢舊，聲氣同濕燥。食共朝虀辛，案對夜螢薨。策杖遊西湖，尋梅插晴昊。番有九十日，呼酒羅脯棗。潯陽三年別，心若風中纛。書來問安温，仍効世俗禱。手寫十新詩，價重百磲碯。情意何勤勤，許與太草草。那能把旌旄，但可供灑掃。胡爲以西子，國色沉嫫媪。前言蓋戲耳，細讀笑絶倒。卻將寄來詩，録附雅戲藁。叔奇嘗作《雅戲集》。

送喻叔奇尉廣德序

王十朋

韓退之之留孟東野也，其詩有曰：「昔年因讀李白杜甫詩，長恨二人不相從。吾與東野生並世，如何復躡二子蹤。」某初疑退之言爲誇，及觀《城南》諸聯句，豪健險怪，其筆力略相當。使李杜復生，未必不引避路鞭也。然後知「復躡」之語爲非過。又讀其末章有曰：「吾願身爲雲，東野變爲龍。四方上下逐東野，雖有别離無由逢。」於是又知二公心相如，氣味相得，至欲相與爲雲龍而不忍有離别，真可謂古之善交者。

某丙子冬與繡川喻叔奇同舍上庠，一見如故，明年同登太常第，又明年贊幕會稽。叔奇來遊，大帥王公嘉其爲人，屈以攝職，予遂獲朝夕焉論文賦詩，相得愈厚。盍簪纔百日，唱和無慮百數篇。叔奇之詩，清新雅健，有晉宋風味，得韓公之豪，無東野之寒，予不逮遠甚。然予二人者，有唱必酬，殆亡虚日，樽酒細論文之外，語不及他，亦庶幾復躡古作者蹤矣。

會叔奇赴官桐川，行甚遽，予惘然惜别。行觴既開，驪駒在門，於是誦醉留之篇，歌雲龍之句以贈之。至若清白以處己，忠勤以涖事，不枉道苟合以干進，兹固叔奇素學而優爲者，亦某之所素期而深望者。姑小試於筮仕之初，奉以周旋於終身出處行藏之際，其爲復躡古人之蹤，又不止乎絺章繪句間也。叔奇勉之。紹興戊寅吉日東嘉王某序。

義烏古甕[一]

洪邁

金華喻葆光，字如晦，義烏人也。紹興丙辰正月，命奴江陸耕所居之南前郭園。耕未竟，土中洞然有聲，牛爲之驚。陸意其下有藏窖，輟耕掘地，深二尺，得瓦缶，廣六寸，厚一寸，形模甚古。下覆一甕，甕正圓，可容三斗黍，四耳附口，口徑四寸。視之，其色蒼然；扣之，其音鏗然。發缶窺之，枵然無有也。洗滌滓垢，置之几案間，莫有能别其爲何代物者。遇客至，則以盛酒。葆光之子良能，嘗作《古甕賦》。至今存焉。

〔一〕以下兩篇録自《夷堅乙志》卷十。

夢女屬對

洪邁

喻叔奇良能，紹興丁巳閏十月十三日夜，宿於居之南齋。夢友人相攜至一處，雲窗霧閤，幽閨繡户，蕭灑可愛，如名妓家。一女子方笄歲，秀色靡曼，衣製嫺雅，牀㲪茵席，蘭麝之芬郁然，屏几供張，皆華好相稱。坐良久，女子顧曰：「妾有隔句，欲煩郎君屬對，如何？」叔奇唯唯。乃言曰：「皇天生奚誘之人，見魚便摸。」言畢，以紙授客使書，又改「人」字作「才」字。叔奇問：「『誘』字若何書？」曰：「從酉旁寸者是也。」「何謂奚酎？」曰：「人之風流者爲奚酎。」「何謂見魚便摸？」曰：「猶言見鬩便打耳。」叔奇方事科舉，以功名爲心，意不在色，即答之以他語曰：「元氣鍾太阿之劍，逢虎須爭。」女子熟視微笑，又欲令和詩，未及言而夢覺。雞既鳴矣。二事皆叔奇説。

寄題喻叔奇國博郎中園亭二十六詠[一]

楊萬里

金谷惟堪貯俗塵，輞川今復得詩人。先生道是貧到骨，猶有山園斗大春。

右亦好園

洞庭張樂起天風，玉磬吹來墮圃中。却被仙人鎔作水，爲君到底寫秋空。

右磬湖

烏龍灘下白雲堆，上有狂奴舊釣臺。一夕被君偷取去，至今猶帶漢莓苔。

〔一〕以下楊萬里詩作録自《誠齋集》卷二十一、卷二十三。

右釣磯

春有兒孫夏有朋，月中寒影雨中聲。臘晴銷盡一園雪，爲底林間雪不晴？

右蘆葦林

亦好園中亦好亭，兩重好處兩重貧。客來莫道無供給，抹月批風當八珍。

右亦好亭

冰爲仙骨水爲肌，意淡香幽祇自知。青女素娥非耐冷，一生耐冷是横枝。

右横枝

横枝直下是清池，花映清池水映枝。知是君描和靖句，不知和靖寄君詩。

右清淺池

舊繞新縈緑萬蟠，架餘籬剩復垂欄。先生醉帽堆香雪，知自荼蘼洞裏還。

右酴醾洞

湧岫跳峰尺許寬，坐看雲霧起巖間。九疑荒遠巫陽嶮，未必真山勝假山？

右小山

錦障豪華笑騃童，松圖冷澹惱山翁。玉山頹處誰扶著？花作屏風倚暖紅。

右花屏

青士從來一徑幽，碧衫翠袖佩蒼璆。何年筆戰明光殿？奪得詩仙紫綺裘。

右紫君林

水精方局石橋仙，知是柯山幾代孫？月借繁星作碁子，夜寒賭得一金盆。

右方池

亦好亭兼弄月亭，磬湖不許兩通行。誰抛蝃蝀湖光尾？便有先生拄杖聲。

右野橋

身在京師夢在鄉，黄花又是一番黄。平生不解淵明語，菊却猶存徑却荒。

右菊徑

雨餘想見藥苗肥，薯蕷堪羹杞可齏。老賊何須投益智？先生只要買當歸。

右藥畦

碧天如水水如天，月入湖中璧樣圓。却被先生來弄碎，一團成百百成千。

右弄月亭

桃李無言照水光，玻璃盆底洗新妝。不須水上紅雲句，水上紅雲不解香。

右花嶼

柳下湖光浄一天，湖邊垂柳起三眠。小蠻自倚腰支㬹，照鏡梳頭曉月前。

右柳堤

名園曲水費工夫，玉甃瓊磨滴水無。誰把流觴借詩老，天生九曲一冰渠。

右曲水

秧疇水落荇渠尖，玉石當中碧一奩。石面平鋪波面皺，千花織出水精簾。

右水簾

渠水來從林外泓，水知湖近各争鳴。何人月下携枯木？寫取穿雲落澗聲。

右水樂

石友拳然萬仞姿，竹君嘯處一川漪。更無二客隨巾履，誰見先生覓句時？

右竹巖

雁下菰蒲報夕寒，鷺將荇藻作朝餐。野塘只許野人到，不要金張許史看。

右野塘

詩人性癖愛看山，曉坐堂中夕懶還。只對月山無限好，月山外面八雙鬟。正對十六峰

右愛山堂

細雨初寒濕翠裳，新晴特地試紅妝。無人會得東風意，春色都將付海棠。

右海棠塢

昔人只解笑移山，未信移山不作難。一昨月山三里外，先生掇取近欄干。

右月山

送喻叔奇工部知處州

楊萬里

厭直含香與握蘭，一麾江海泝冰灘。括蒼山水名天下，工部風煙入筆端。新國小遲懷印綬，故園暫許理漁竿。即看治行聞天聽，紫詔徵還集孔鸞。

送喻宫教良能出倅會稽

周必大

拾遺羈旅鑑湖秋，太史崎嶇禹穴遊。只駕貳車良自足，更營三釜復何求？千山徧踏詩才富，萬壑臨觀史筆遒。稍待政成歸魏闕，便從麟閣上螭頭。叔奇能詩，所至輒賦，近嘗進《歷代忠義傳》，極有史法。（《文忠集》卷六）

送喻叔奇通判會稽

呂祖謙

鳴騶前日餞出使，椎鼓今日送作州。會稽别駕官尚薄，道傍羡者何其稠。版輿有親餘九十，東南之美供甘柔。先春鑄牙入午啜，破臘箭茁充晨羞。况復詩壇執牛耳，所至風月相獻酬。千巖萬壑徧題品，會有采者人名遒。（《東萊吕太史文集》卷一）

題喻季直文編

陳亮

烏傷固多士，而稱雄於其間者，余熟其四人焉，蓋非特烏傷之雄也。喻叔奇於人煦煦有恩意，能使人别去三日念之輒不釋。其爲文精深簡雅，讀之愈久而意若新。何茂恭目空四海，獨能降意於一世豪傑，而士亦樂親之。其文奇壯精緻，反覆開闔，而卒能自闡其意者。陳德先舉一世不足以當其意，而人亦不願從之遊。然其文清新勁麗，要不可少。喻季直遇人無親疏貴賤皆與之盡，而於余尤好。其文蔚茂馳騁，蓋將包羅衆體而一字不苟，讀之亹亹而無厭也。而四君子者尤工於詩，余病未能學也，然皆喜爲余出，余亦能爲之擊節。余窮滋日甚，索居無賴，時一作念。顧茂恭之骨已冷，而三山相去踰千里。德先季直雖宿春可從其遊，而出門輒若有縶其足者。

喻行之牧之出季直舊文一編示余，聳然觀之，如得所未嘗。茂恭死，其文益可貴重，而子弟亦珍惜之，欲求一字不可得。得吾季直之文，便如茂恭在日。昔余嘗讀茂恭之文而面歎曰：「九原不可作，歐蘇姑置勿論，如世所謂六君子者，公將何愧！」茂恭油然而笑，蓋以爲「能知我者」。幽明異道，每念此，意爲之索然。今將求厭足於季直耳。（《龍川集》卷十六）

寄婺州喻良能叔奇〔一〕

趙蕃

我家入婺四十里，有竹參天山崛起。尋常一過故人飯，長是驅車不停軌。去年偶

〔一〕以下趙蕃詩作録自《淳熙稿》卷五至卷十四。

爲逃暑留，禪房小憩清溪頭。君當適閩駐行李，遣騎問我安與不。我聞君來固驚喜，君亦怪我窮不死。殷勤竟辱懷刺先，我乃踉蹡成倒屣。相看問我今何如，爲言斑鬢甘泥塗。君時新有阿兄戚，語及往事猶長吁。君歸悤悤莫可挽，劇談未了風吹斷。贈君不直一錢詩，何以報之錦繡段。蕃以詩送君，君以所著二碑見答。明朝過君君且行，我思重别難爲情。勞君下馬更握手，再三謂我頻寄聲。别來僅可熟羊胛，含薰待春蘭已發。擬將採掇慰離居，路遠何繇置君側。如君人才誰與儔，直諒豈下西京劉？校讎祕府自能事，何乃傳經瀕海州？吾君急賢每旰食，詔書取士到微仄。君今未免滯周南，諸公貴人曷逃責？願君覓句勿自哀，清尊無事日日開。未有白地光明錦，用作人間負販材。

戲呈喻叔奇丈

趙蕃

平生喻工部，許我詩盟與。邇來每見每忽忽，倚賴深春間歸路。問我自行何所去，告以吴門當小住。問公公有故人否，爲我略營薪水助。欣然惠我書一紙，爲我殷勤談所以。我云素書難送汝，併復因之陳骫骳。公言於我則厚矣，楓落吴江自爲累。

幸逃烏有一先生，猶勝東城老居士。

寄喻叔奇文二首

趙蕃

不見喻工部，經今兩暮春。遥知礬湖上，不減浣花濵。佳句能名世，浮雲豈絆身。爲貪煙雨勝，聊復駕朱輪。

飲我長安酒，歌公《亦好》詩。試思猶宿昔，忽念已差池。要識林園好，何由杖履隨。有時觀叙夢，亦復嘆吾衰。

寄喻叔奇

趙蕃

雨雪長安日，覊栖獨旅時。累觴欣會面，到處異潛悲。舊識文章伯，今猶國子師。何當一持節，來惠楚人爲。辰故隸楚公，有補外之意。

遊管歷院用喬子遷韻

趙蕃

北沙一勺淺沙泉，三日彎跧厭客船。指似殿樓知有寺，經行陂泊見多田。清泉方斛快新浴，草屨葛衣便晚天。閲遍題名重惆悵，越州何許但雲煙。越州謂喻叔奇，時爲是州别駕。

送喻太丞知處州

葉適

喻公策名自先朝，奉常冬官始見招。何因斂退爲泉石？可惜垂欲排雲霄。處州不城山作堵，百嶂千峰自翔舞。孤高上頭天一柱，中有秀句須公取。（《水心集》卷六）

簡喻叔奇工部沈無隱寺簿〔一〕

張鎡

園居懶成癖，駕言何所之。出門無妨看好雪，粉地玉天相範圍。氣增坐車熱，旋換白鹿騎。不須携古囊，詩句隨雪飛。故人昨遷官，過我睡掩扉。登堂謝不敏，款話俄移時。咨詢玉照三百樹，縱未放花堪舉卮。當約香山翁，喻以香山名其詩編。共了此段奇。喜歸步林曲，問梅梅有辭。相看兩經年，非無主人知。去春偶晴多，昏曉無不宜。静來藜杖横，笑去綸巾欹。琉璃巨鍾深數指，月底四弦驚鵾起。興濃何必斷吟鬚，快寫新詞歌皓齒。燭遥照路不照花，三更露壓星斗斜。明牀氈穩半酣寢，頭上最愛香雲遮。明朝再來看，亦復送落霞。尤物到了奇，飄英覆泥沙。非徒隨步白錦茵，轉首緑蔭森交加。於今雪見五六白，斂衽何辭讓渠色。但催佳客犯寒來，我自有花開頃刻。言餘試摇枝上凍，已覺欣欣芳萼動。或如紅豆或如椒，若説供詩儘禁用。星郎

〔一〕以下張鎡詩作録目《南湖集》卷三、卷四。

農簿辭林鳳，素有聲名過屈宋。訪余必待巧乘閒，却恐梅花解嘲弄。

次韻酬喻工部雪中見懷

張鎡

坐厭增冰地，遥思勝熱城。忘名全道用，遠俗養詩情。枕病憐幽獨，心交阻合併。晴春開徑在，自斷學淵明。

送喻叔奇工部括蒼二首

張鎡

三見中朝入，徐行每後人。功庸身較晚，名譽衆常新。有句須同詠，今離似所親。政成應必報，山郡易回春。

自復林湖隱，相從却恨稀。梅花年後白，江水去邊肥。世態紛紛改，交心特特違。暖晴當送别，敢望款柴扉。

喻工部追和王詹事遊東坡十一絶亦次韻

許及之

宇宙聲名宇宙容，豈無湖北著元龍？黄州詩興椎輪耳，詩到儋州興更濃。

賢者行藏只委天，山川却自以人傳。幾年茨棘東坡地，不祇人賢地亦賢。

護持風物感波神，翁去如今隔幾塵。海上跨龍時一到，雪堂炯炯見斯人。

明月清風轉柂樓，武昌樊口直黄州。天公不借蘇仙便，兩賦那成赤壁遊。

海棠一樹立山村，桃李場中合斷魂。從我東坡三子在，休悲六客更誰存？

故人相戒莫吟詩，那免斑斑露一奇。無奈西湖頻入夢，果然吴餉却來時。

男兒何苦自拘囚，六合無非汗漫遊。唤取東軒同抱耒，瀟瀟風雨正筠州。

見慣沙鷗已不飛，旁人相見莫相疑。無端却爲魚蠻子，又著危言感聖時。

海内傾心雨露詞，種松争忍十年期。臨皋五見分新火，祇比先生睡覺時。

歸來宣室恰新年，筆下生成又補天。唤作玉堂堂唤雪，不知若佞若爲賢。

腐儒珍重百年身，眼見白頭無數新。晚歲江山縱摇落，平生出處長精神。（《涉齋

集》卷十五）

送喻叔奇丞鄱陽序

何恪

士歎知己之難遇，微難乎知己之遇也，難遇足以知己者耳。至寳横棄道側，不必待卞和遇而後收之，雖牧豎之愚，見必驚其光彩之異，且知欲取攘玩矣。若過而不顧者，非狂則盲也。然世豈盡狂與盲者耶？特以忌心之不去焉耳。每怪世之翹翹然以自樹立者，多見毁於異己。夫其所以毁之者，豈真不知而毁之哉？惟知其最賢於己，忌心一萌，勢不得不出於毁也。彼忌我異己而毁我，不相爲謀。然又有實不悦己而謬爲恭敬，有實厚我，近之則顧以汙己，此皆所謂不足以知己者。夫既不足以知己，則吾詎可輕受其知哉？宜其於世愈落落而難合也。

薌山喻公，名世人也。學志於古，而仕必欲行其學，由是學益成，名益遠，而仕益困，然公安之而不恤也。得丞鄱陽，待三年之次而始上，視群蜚刺天，則公道迴翔甚矣。然守乃侍御王公，於今號爲有道之士，士皆樂其知。而侍御之所亟稱許者甚嚴，而公非可以僞得而私予也，乃獨與公深相知。人徒知公於侍御爲同舍生，又爲同年進士，故相知。初不知公之所以受知於侍御者，正不在於同舍同年也。蓋侍御之同舍同年，豈惟爲公而已哉？然相知特深於他同舍同年者，則必自有以相知也。夫丞之職最冷，而秩介於令、簿、尉之間，上下偪於簿與尉。然昔爲之者，以無甚吏責也，今則又有常平泉布之責也。以公處之，則爲非其地。僕與公有婕雅相好，方僕僕從江外數千里來，而公遽東去。然不敢爲兒女感者，誠樂公是行遇足以知己者耳。吾君苟不先一州而後天下，則侍御不久留鄱陽。侍御歸，則公亦歸矣。僕雖不識侍御，然以公之知我，侍御亦當知我，見侍御，幸爲我一出此序。（吴師道《敬鄉録》卷十）

《續宋編年資治通鑑·宋孝宗三》喻良能事

劉時舉

國子監簿喻良能進《忠義傳》，頒之武學。（卷十）

《玉海》淳熙忠義傳

王應麟

八年冬十月，國子監簿喻良能進《忠義傳》，起於戰國王蠋，終於五代孫晟，上下一千一百年，所取者一百九十人，凡二十五卷。乞頒之武學，授之將帥。上曰：「忠臣義士，不顧一身，可以表勵風俗。」（卷五十八）

《兩宋名賢小集》喻良能傳

陳思

喻良能，字叔奇，義烏人。與兄良倚同入太學，同年登進士第。初補廣德府，三獲强盜，應賞格，辭不受。累遷國子監主簿，進《忠義傳》，起戰國王蠋，終五代孫晟，通一百九十人，書凡二十卷。乞頒之武學，授之將帥。孝宗嘉歎，顧謂侍臣曰：「喻良能質實平正。」御書其名於屏間。丁内艱，服除，以國子博士召，兼工部郎官，除太常丞兼舊職。請外，知處州。尋奉祠歸，以朝請大夫、義烏縣開國男食邑三百户致仕。營家圃曰「磐湖」，日以觴詠自娱終焉，鄉人慕之，立石表其地曰「郎官里」。

所著有《諸經講義》《香山集》《家帚編》《忠義傳》。

兄良倚，字伯壽，卒官臨海丞，有惠政。所著《唐論》四卷、詩文十卷、《策斷》二卷、《文選補》一卷。（卷一百七十九）

元

《金華黄先生文集》喻良能事

黄溍

右墓志銘二通，前銘黄夫人宗氏，於溍爲七世祖妣，實故京城留守兼開封尹贈觀文殿學士忠簡公澤之堂妹。作銘者夫人之侄穎，忠簡子也。〔一〕後銘居士黄公，夫人第三子，是爲溍之六世祖。公第二子諱紹祖，則溍之五世祖也。作銘者公之甥喻良能，前銘叙「女適喻葆光」者，其父也。以子貴，累贈中散大夫。子男五人，皆黄氏出，

〔一〕「忠簡子也」與「後銘居士黄公」之間，選録時文字有略。

而其四人俱以文章家知名。良倚、良能，同擢紹興丁丑第，良材國子進士，良弼國學進士。龍川陳亮稱「烏傷四君子」，叔奇之文，精深簡雅；季直之文，蔚茂馳騁。叔奇者，良能字；季直者，良弼字，其二人則何恪茂恭、陳炳德先也。良能仕於朝，嘗爲太常丞兼工部郎官，以朝議大夫、義烏縣開國男致其事，有《香山集》行於世，而此銘不載集中。（初稿卷三《記先世墓志銘》）

《敬鄉録》喻良能傳

吴師道

喻良能，字叔奇，義烏人，紹興丁丑進士。嘗任鄱陽丞、紹興府倅，擢國子監主簿、工部郎中，出知處州。號香山。爲監簿，上《忠義傳》，起戰國王蠋，終五代孫晟，上下一千一百年，所取一百九十人，凡二十卷。乞頒之武學，授之將帥，孝宗嘉之，淳熙八年也。有文集若干卷，龍川稱其文精深簡雅，讀之愈久而意若新。弟良弼季直之文蔚茂馳騁，包羅衆體而一字不苟，讀之亹亹而無厭也。

叔奇敏識强記，嘗考試，一士人賦當選，而用苻秦字誤從竹，黜之。其人伺出院，遮道中詰公。公形貌短小，爲立几上，誦其所作，一字不遺。曰：「子賦雖工，如格不合何？」其人愧謝去，此事聞諸前輩云。（卷十）

《宋史全文·宋孝宗七》喻良能事

頒《忠義傳》，國子監簿喻良能所進也。起於戰國王蠋，終於五代孫晟，上下一千一百年，所取者一百八十人，凡二十卷。乞頒之武學，授之將帥。上曰：「忠臣義士不顧一身，誠可表勵風俗。」（卷二十七上）

明清

《兩浙名賢録》喻良能傳

徐象梅

喻良能，字叔奇，義烏人。父葆光，娶黄氏。睦寇起青溪，婦翁以白金數千兩屬葆光窖藏之。盜平，婦翁亦死，三子俱幼，莫知金所寓，葆光舉而歸之。三子請奉數百金爲謝，葆光力辭弗受，人稱長者。黄氏脱簪珥，買書延師教其五子，皆有成立。良能與兄良倚同入太學，又同年舉進士，初補廣德尉，三獲强盜，應賞格，辭不受。調番陽丞，遷國子監主簿，進《忠義傳》，起戰國王蠋，止五代孫晟，通一百九十人，乞頒之武學，授之將帥。孝宗嘉歎，顧侍臣曰：「喻良能質實平正。」書其名於屏間。内艱，服除，以國子博士召，兼工部郎官，除太常丞兼舊職。請外，知處州，尋奉祠而歸。以朝請大夫、義烏縣開國男食邑三百户致仕。鄉人慕其名，立石表其地曰「郎官里」。

兄良倚，字伯壽，卒官臨海丞。（卷三十二）

《金華徵獻略》喻良能傳

王崇炳

喻良能，字叔奇，義烏人。父葆光，母黄氏。時睦盜起青溪，婦翁以白金千三百兩屬葆光窖藏之。盜平，婦翁死，三子皆幼，莫知所屬，葆光盡歸之。三子請分，葆光雖貧，力辭弗受，人稱其長者。黄氏脱簪珥袿裳，買書延師，教其五子。一日，師與客至，值家乏食，乃剪髮易魚爲饌。師聞而奇之，作詩曰：「但教五子登雲去，不管一家如雪寒。」後五子皆以文顯，葆光以良能貴，累贈大中大夫，黄氏封令人。

良能與兄良倚同入太學，同年登進士。能初補廣德尉，三獲强盗，應賞格，辭不受。累遷國子監主簿，撰《忠義傳》，起戰國王蠋，終五代孫晟，通一百九十人。上之，乞頒武學，授將帥。孝宗嘉歎，顧謂侍臣曰：「喻良能質實平正。」御書其名於屏間。丁内艱，服除，以國子博士召，兼工部郎官，除太常丞兼舊職。請外，知處州，尋奉祠歸。以朝請大夫、義烏縣開國男食邑三百户致仕。誉家圃曰「磬湖」，日以觴詠自娱終焉。鄉人慕之，立石表其地曰「郎官里」。所著有《諸經講義》《香山集》《家帚編》《忠義傳》。（卷十）

《金華先民傳》喻良能傳

應廷育

喻良能，字叔奇，義烏人。與兄良倚伯壽、弟良弼季直皆有文名，而良能尤傑出，爲當時所推。登紹興辛丑進士，初授廣德尉，三獲强盜，應賞格，辭不受。調鄱陽丞，遷國子監主簿。述《忠義傳》，起戰國王燭〔一〕，止五代長孫晟〔二〕，通一百九十人，乞頒之武學，授之將帥。孝宗嘉嘆，顧侍臣曰：「喻良能質實平正。」御書其名屏間。丁内艱，服除，以國子博士召，兼工部郎官。除太常丞，請外，知處州。尋奉祠，以朝請大夫致仕。鄉人慕其名，立石表其地曰「郎官里」。所著有《諸經講義》五卷、《香山集》二十四卷、《家帚編》十五卷、《忠義傳》二十卷。

良倚與良能同登進士，卒官臨海丞，所著有《唐論》四卷、詩文十卷。良弼由太學生特科補新喻尉，所著有《杉堂集》十卷、《樂府》五卷。陳亮嘗稱：喻叔奇爲文精深簡雅，讀之愈久而意若新。喻季直蔚茂馳騁，蓋將包羅衆體而一字不苟，讀之亹亹而無厭云。（卷七）

〔一〕「燭」，當作「蠋」。

〔二〕「長孫晟」，當作「孫晟」。

《閩中理學淵源考》喻良能事

李清馥

乾隆壬午往浙，歸途於蘭邑書坊中，購得《金氏履祥先生文集》鈔本共三卷。卷一首帙書「後學喻良能香山校」。（卷三十七《識熊勿軒先生傳後》）

《宋史翼》喻良能傳

陸心源

喻良弼，字季直，義烏人，與兄良能字叔奇俱以古文詞有聲太學。良能成進士，而良弼僅以特科尉新喻。有《杉堂集》十卷、《樂府》五卷。龍川陳亮曰：叔奇爲文精深簡雅，讀之愈久而意若新；季直文蔚茂馳騁，蓋將包羅衆體而一字不苟，讀之亹亹無厭也。尤工於詩，一時鉅公若洪邁、楊萬里，皆與爲文字友。《兩浙名賢録》（卷二十八）